化粧《けわい》堀《ぼり》

深川鞘番所④

吉田雄亮

祥伝社文庫

目次

深川繪圖

㊀ 深川大番屋（鞘番所）
㊁ 靈嚴寺
㊂ 法苑山 浄心寺
㊃ 外記殿堀（外記堀）
㊄ 櫓下裾継
㊅ 摩利支天横丁
㊆ 馬場通
㊇ 大栄山金剛神院 永代寺
㊈ 富岡八幡宮
㊉ 土橋
(十一) 三十三間堂
(十二) 洲崎弁天

い 万年橋
ろ 高橋
は 新高橋
に 上ノ橋
ほ 海辺橋（正覚寺橋）
へ 亀久橋
と 要橋
ち 青海橋
り 永代橋
ぬ 蓬莱橋

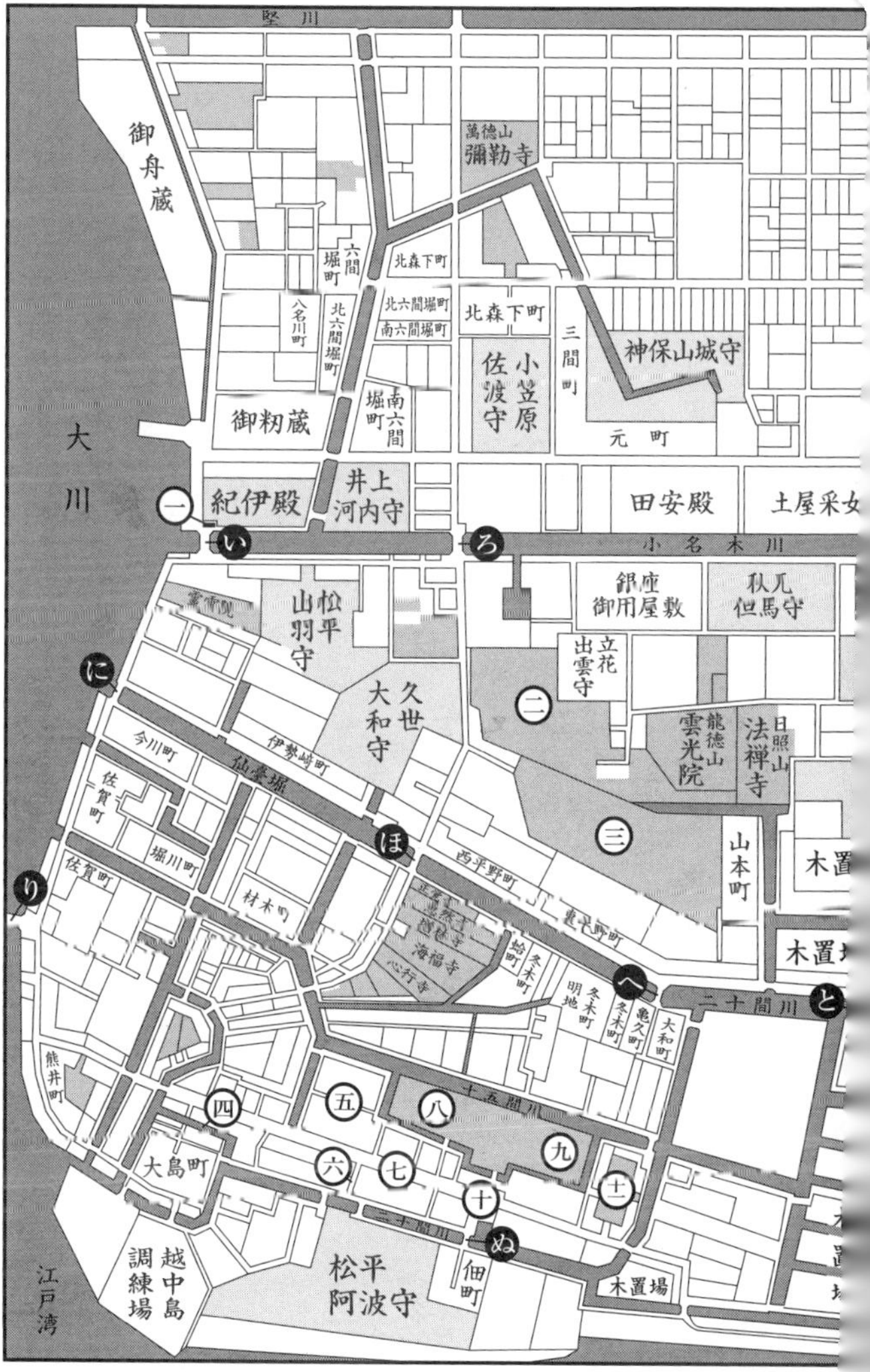
竪川
御舟蔵
萬徳山 彌勒寺
六間堀町
北森下町
北六間堀町
南六間堀町
八名川町
北森下町
小笠原佐渡守
三間町
神保山城守
南六間堀町
御籾蔵
元町
大川
紀伊殿
井上河内守
田安殿
土屋采女
小名木川
銀座御用屋敷
秋元但馬守
霊雲院
松平出羽守
立花出雲守
久世大和守
龍徳山雲光院
日照山法禅寺
今川町
伊勢崎町
仙台堀
佐賀町
堀川町
佐賀町
西平野町
山本町
木置場
材木町
東平野町
海福寺
心行寺
蛤町
冬木町
明地
冬木町
冬木町
亀久町
大和町
二十間川
熊井町
十五間川
大島町
三十間川
越中島調練場
松平阿波守
佃町
木置場
江戸湾
一
二
三
四
五
六
七
八
九
十
十一
い
ろ
に
ほ
へ
と
り
ぬ

本文地図作製　上野匠（三潮社）

一章　逢引河岸《あいびきがし》

一

　火の見櫓《やぐら》が茶屋に灯《とも》る燈火に映《は》えて、重く雲が垂れ籠《こ》めた空を切って朧《おぼろ》に聳《そび》えたっている。

　三味線や太鼓の音があちこちの見世《みせ》から流れ出て、入り乱れながら聞こえていた。

　馬場《ばば》通りを大川へ向かってすすむ竹屋《たけや》の安次郎《やすじろう》は一の鳥居の手前、畳《たたみ》横丁を左へ折れた。突き当たりの大島《おおしま》川の河岸道を左へ行き、黒船《くろふね》橋を渡る。右へ向かうと深川《ふかがわ》七場所のひとつ、石場《いしば》であった。

　入江《いりえ》町の時の鐘が五つ（午後八時）を告げて小半刻（三十分）近くなる。深川の遊里は宴たけなわの刻限であった。捕物の出役《しゅつやく》、張り込みなどの任につかないかぎり安次郎は油《あぶら》堀から十五間《じゅうごけん》川、二十間《にじっけん》川から大島川、黒江《くろえ》川から枝《えだ》川などの堀川に囲まれた一帯を見廻ることにしていた。

この一角には表櫓《おもてやぐら》、裏櫓《うら》、裾継《すそつぎ》の三櫓、大新地《だいしんち》、小新地《しょうしんち》、石場など深川有数の遊所が点在している。もともとは竹屋五調《ごちょう》という源氏名を名乗り、毒舌が売り物の男芸者だった安次郎にとって、

〈庭みてえなもの〉

といってもいいほどの、目を瞑《つむ》っても歩ける道筋であった。

「遊里の集まるところだ。他の誰が見廻るよりも顔なじみの多い安次郎がやるが一番うまく運ぶだろうよ」

と深川大番屋支配の大滝錬蔵《おおたきれんぞう》のことばもあって深川大番屋の同心、下っ引きたちも、一帯の見廻りは日頃は安次郎に、

〈おまかせ〉

の有り様となっていた。

大島川沿いに大川へ向かうと尾張《おわり》藩の下屋敷に突き当たる。突き当たって左へ行き鉤方《かぎがた》に曲がると岡場所の石場となった。三櫓ほどの賑《にぎ》わいはないが連なる茶屋、局見世《つぼねみせ》の軒行灯《のきあんどん》や座敷から漏れ出る灯《あか》りが、通りを淡く照らし出している。

三味線のつま弾《び》きが、どこからか聞こえてくる。歩みをすすめた安次郎は大島川の川辺に出たところで足を止めた。

首を傾《かし》げる。

叫び声が聞こえたような気がしたからだった。

三味線の音色と打ち鳴らす太鼓の音が左手にある茶屋から聞こえてきた。

（空耳か）

ふっ、と苦い笑いを浮かべて足を踏み出した安次郎が動きを止めた。

今度は、はっきりと安次郎の耳が悲鳴を捉《とら》えていた。それこそ、

〈断末魔《だんまつま》〉

の絶叫とおもえた。

安次郎は声のしたほうへ走った。

尾張藩下屋敷の塀が大島川河岸で途切れている。塀の下から土手が斜めに水辺に沈み込んでいた。

御三家の一家、尾張徳川家を慮《おもんぱか》ってか、石場を仕切る亡八《ぼうはち》たちも塀近くには茶屋や局見世を開くことを控えているようだった。そのためか、尾張藩下屋敷の近くは人の気配すらない暗がりとなっている。

（叫び声が上がったは、そのあたり）

と判じた安次郎は大島川に突き当たるや躊躇《ためらい》なく右へ曲がった。

走り込んだ安次郎は、蹈鞴《たたら》を踏んで止まった。

目を瞠《みは》る。

鈍色《にびいろ》に底光りする白刃に、べっとりと血が染《し》みついて滴《したた》っていた。

その血を懐紙《かいし》で拭《ぬぐ》っている男がみえた。月代《さかやき》をきれいに剃《そ》り上げた武士であった。小袖に袴《はかま》をつけている。身なりに乱れがないことからみて、どこぞの大身《たいしん》旗本の子弟とおもえた。

武士の足下に俯《うつぶ》せた女がみえた。

切り裂《さ》かれた小袖からのぞく女の背中から血が溢《あふ》れ出ていた。出で立ちからみて、

〈遊女〉

と安次郎は断じた。

女の骸《むくろ》から目線を移して安次郎が告げた。

「これは」

問いかけた安次郎の眼に咎《とが》めるものがあった。刀身についた血を拭い終わった武士が懐紙を捨てながら応えた。

「無礼討ちだ」

抑揚のない、こころの動きの欠片《かけら》も感じさせない物言いだった。

「無礼討ちですって。そりゃ、また、どんなわけで」

「無礼だと感じた。それだけのことだ」

大刀を鞘《さや》に納めながら武士がいった。

「そいつは、ちと乱暴なお話じゃござんせんか」

一歩近寄った安次郎を武士が、ぎろり、と見据《す》えた。剣呑《けんのん》なものがその眼にあった。

身構えた安次郎に武士が、ふっ、と片頰に皮肉な笑みを浮かべ、

「できるな。剣術の修行を積んだか」

「なあに、ほんの真似事《まねごと》でさ」

「真似事。構えたときの身のこなしで業前《わざまえ》はわかるものだ。皆伝の腕とみたが」

武士の眼力の確かさに安次郎は驚いていた。男芸者の身ではあったが安次郎は本所《ほんじょ》の無双《むそう》流の道場に十数年にわたって通いつめ、師から、

〈実力は皆伝の腕〉

と太鼓判を捺《お》される業前となっていた。が、

（この場は、あくまでも白《しら》を切るが一番。無用なお喋《しゃべ》りは災いのもと）

と安次郎は困惑した顔をつくっていった。

「とんでもねえ。そいつは、かいかぶりというもので」

「おれの眼が節穴だというのか」

「とんでもねえ。そんなことは一言もいっておりやせん」

「そうか。それならそれでもよい」

いうなり、間合いを詰めるや武士の大刀が鞘走った。

閃光《せんこう》が闇を切り裂いた。

瞬《また》きする間もない迅速な動きであった。

横っ飛びに逃れた安次郎に、

「おれの抜き打ちを躱《かわ》すとは、なかなかのものだ。流派は」

右手で刀を下げたまま武士がいった。警戒を解かぬまま安次郎が応えた。

「無双流で」

「はじめから聞かれたことに素直に応えればいいのだ」

大刀を鞘に納めながら告げた。

無言で安次郎が浅く腰を屈《かが》めた。眼は鋭く武士に据えられている。身構えからみて、今一度の抜き打ちに備えているのはあきらかだった。

「もう刀は抜かぬ」

いうなり武士は安次郎に背中を向けていた。

歩きだした武士に安次郎が声をかけた。

「せめて、お名前だけでも、お教え願えませんか。あっしは、こういうもので」

懐から安次郎が十手を取りだした気配に気づいて武士が足を止めた。振り向いて安次郎の手元をみた。

「御用の筋か」

問いかけた武士に小さく頭を下げ、安次郎がいった。

「深川大番屋から十手を預かっておりやす、竹屋の安次郎という者で」

「竹屋の安次郎、か。覚えておこう」

再び武士が踵《きびす》を返した。

歩きだした武士に安次郎が声をかけた。

「お名前を」

足を止めた武士が後ろ向きのまま応えた。

「戸田堯之進《とだぎょうのしん》。四千石取りの旗本の二男坊だ」

「四千石といえば御大身だ。その大身旗本の二男坊さまが、なぜ遊女なんかを手にかけなすった」

「もうひとり斬った」

振り向くことなく発した武士の一言に、

「何ですって」

驚愕した安次郎はおもわず声を高ぶらせていた。

「片付けておけ」

いうなり武士は歩きだした。

「戸田さま、もうひとりの骸はどこに」

呼びかけたが、立ち止まる素振りもみせずに堯之進は歩き去っていく。

「何てこった。深更にはまだ間があるっていうのによ。辻斬りには早すぎる刻限だぜ。それにしても」

凝然と安次郎は堯之進の後ろ姿を見据えた。

「一分の隙《すき》もねえ。たいしたもんだ。大滝の旦那と、どっこいどっこいの腕前といったところか。戸田の野郎が加勢をたのんで旦那とやりあったら、旦那も危ないかもしれねえな」

独り言《ひとりごと》ちた安次郎は周《まわ》りに眼を走らせた。

塀脇に立つ柳の木の下にこんもりと盛り上がったものが見えた。

川風に柳の枝が揺れている。

その動きが安次郎には手招きしているようにみえた。

「あらために行かねばなるめえ」

柳の木に向かって安次郎は歩きだした。

柳の下には遊び人風の男の死骸が頭を水辺へ向けて仰向《あお》けに転がっていた。

骸のそばで膝を折った安次郎は眉をひそめた。

袈裟《けさ》懸《が》けに斬られている。血に染まった小袖ごと肩が切り裂かれているかのようにみえた。断ち割られた肩の間から血に染まった草が顔を出している。容赦のない、力にまかせた大刀の一撃をくわえたに相違なかった。

「何てこった。深い恨みがあったとしかおもえねえ、情《なさ》け無用の切り口だぜ」

溜息まじりにつぶやいて安次郎は立ち上がった。

周りを見渡した。

「ここは化粧堀《けわいぼり》か」

つぶやいた安次郎は男の骸から女の死骸へと眼を走らせた。

血塗《ちまみ》れの骸が、そこにあった。

二

「ここは芸者、遊女、男衆ら深川の遊所にかかわる者たちの間では、化粧堀といわれているところでして」

「化粧堀」

女の骸をあらためていた大滝錬蔵は安次郎のことばに顔を上げ、問い返した。

深川大番屋は小舟を納める御舟蔵《おふなぐら》が近くにあることから、俗に、

〈鞘番所〉

あるいは、

〈深川鞘番所〉

と呼ばれている。

御舟蔵が刀を納める鞘同様、舟を納めることから、

〈鞘〉

と称されるようになったという説と、猪牙舟《ちょきぶね》などに代表される小舟の舳先《へさき》が尖《とが》っており刀の形に似ていることから、それらの舟を納める御舟蔵が、

〈鞘〉

といわれるようになった、とのふたつの説が巷《ちまた》では流布《るふ》されていた。

北町奉行所与力にして深川大番屋支配の職責にあるのが大滝錬蔵であった。

遊女と遊び人風の男のふたりを斬ったのが大身旗本の一男坊、戸田堯之進であることから、

（事は深川大番屋の支配違いにかかわること。勝手に動いて厄介《やっかい》な事態を引き起こすより御支配の指示をうけるべき）

と安次郎が、急ぎ深川鞘番所へ立ち帰り、

「夜中のこと、申し訳ありませぬが何卒《なにとぞ》、ご出馬を」

と錬蔵を連れ出したのだった。

「男と女、ふたりの骸が転がっておりやす。化粧堀に辻斬りが出たら、こうなるのが、ごく当たり前の成り行きで」

意味ありげな安次郎の物言いであった。

「逢い引きの場所だというのか」

問うた錬蔵に、

「恋しい男に密かに会うため、待ち合わせた刻限より少し早めに人目を憚《はばか》って見世を抜け出した遊女が、できるだけ綺麗に見せようと化粧直しをする堀川の岸辺が、深川には何ヶ所かあります」

「それで、化粧堀か」

うなずいた安次郎がいった。

「人目にたたないので、ちょいの間《ま》の逢い引きには、もってこいのところでして」

「人斬りにも、もってこいのところでもあるな」

そういって錬蔵は再び女の骸をあらためはじめた。

遊び人風の男の切り口もそうだったが女の背中の傷跡も、

（いずれも一太刀《たち》で仕留めた、見事なまでの太刀捌《さば》き。恐るべき剣の使い手）

と舌を巻いている錬蔵だった。

「大身旗本の二男坊と名乗ったのだな」

問うた錬蔵に安次郎が、

「戸田堯之進と」

「戸田、堯之進、とな」

聞いたことのない名前だった。もっとも大身旗本の子弟とはいえ部屋住みの二男坊

である。御前試合などで勝ち進んで覇者となり、剣名をとどろかせるなど特別のことがないかぎり家を継ぐ嫡子《ちゃくし》以外は、

〈厄介者の冷や飯食い〉

として出世の見込みもないまま、父が逝去した後は家督を継いだ兄の世話になるだけの生き様であった。

「無礼討ちか」

吐き捨てるように錬蔵がいった。

「無礼討ちで」

腹立たしげに安次郎が応じた。

じっと遊女の骸を見つめた錬蔵は、ゆっくりと立ち上がった。

江戸南、北両町奉行所の力は武家や寺社には及ばなかった。当然のことながら旗本である戸田堯之進には表立って探索の手をのばすことはできない。

（このままではすまさぬ）

遊女と遊び人風の男とはいえ、ふたりの町人の命を奪ったのだ。化粧堀で人目を避けて逢い引きをしていたふたりが堯之進にたいして、

〈無礼討ちにあうほどの無礼〉

を働いたともおもえなかった。

（日頃の鬱憤《うっぷん》を晴らすために為したこと）

と錬蔵は断じていた。

（思いつく限りの、あらゆる手立てを尽くして此度《こたび》の無礼討ちの責めを負わせてやる）

怒りの炎が錬蔵のなかで燃え滾《たぎ》っていた。

江戸幕府が開府されて百七十年の余になる。戦国の気風が残る幕府が開かれて数十年ほどの間はともかく、当世では、

〈無礼討ちするには万人が納得しうる、それなりの事情が必要〉

と変化してきていた。

無礼討ちをした武士が旗本ならば目付に、

〈無礼討ち〉

したことを届け出なければならなかった。届け出た折には無礼討ちした理由を記した書面を添えるよう定められていた。目付は配下の小人目付《こびと》、徒目付《かち》などに命じて無礼討ちが行われたときに同行していた者、近くにいた町人などに聞き込みをかけ、

〈無礼討ちに正当な理由があったかどうか〉

調べ上げ、裏付けをとった。

〈斬り捨て御免〉

と無礼討ちをした武士がお咎めをうけることは、ほとんどなかったが、稀《まれ》には責めを問われる場合もあった。

これが将軍家お膝元である江戸に仕まう町人たちだったら話はもっと簡単だった。

江戸の町民は、

〈将軍家の領民〉

とみなされていた。その江戸町民が無礼討ちにあったときは、相手がたとえ武士であっても江戸南、北両町奉行所の与力、同心が、

〈目付様への届け出書の作成を手伝う〉

との名目で南、北いずれか月番の町奉行所へ無礼討ちをした武士を連行し、取り調べることができたのである。いわば特例ともいうべき扱いであった。

が、化粧堀で殺されたふたりは違った。

ひとりは町奉行所が手入れを行った場合は隠れ売女《ばいた》として捕らえられ、取り調べの上、吉原《よしわら》へ下げ渡されると御法度《ごはっと》に定められた、公儀から認許を受けていない遊里である岡場所の遊女であり、ひとりは江戸の人別帖にその名があるかどうかも疑わしい

無宿人同然の遊び人とおもえる男だった。

堯之進が無礼討ちした相手は、

〈無礼討ちしても、罪科《つみとが》に問われぬ類《たぐい》の者たち〉

といえた。権力の座にある者からみれば、まさしく、

〈地べたを這《は》いつくばって生きる、何をされても泣き寝入りするしかない弱者〉

であった。

〈戸田堯之進は、仕返しなど、とても考えられぬほどの弱者とみて無礼討ちにしたのだ〉

おのれの怒りの根源がそこにあることを錬蔵は見極《きわ》めていた。

だからこそ、

〈卑劣極まる。必ず、罪に問うてみせる〉

との強いおもいが胸中に居座るのを、払いのけることができないでいるのだった。

〈探索するにあたって思い込みは捨て去らねばならぬ〉

と北町奉行所の探索方の先輩たちから叩き込まれてきた。

が、

〈此度は、この怒り、抑《おさ》えきれぬであろう〉

と錬蔵自身、断じていた。

女の骸を見下ろし黙然と立ち尽くす錬蔵に安次郎は、ことばをかけようともしなかった。

いや、安次郎には、ことばを発する気など、さらさらなかったに違いない。その証《あかし》に、錬蔵同様、無惨に斬り殺された血塗れの女の骸を凝然と見つめている。

しばしの沈黙があった。

口を開いたのは錬蔵だった。

「安次郎」

「何か」

身を乗りだして安次郎が応えた。錬蔵が告げた。

「斬り捨て御免、と殺したには、それなりの理由《わけ》があるはずだ。無礼討ちに至った経《ゆく》緯《たて》だけは調べ上げておかねばなるまい」

「いわれなくても、あっしは探索に仕掛かるつもりでおりやした」

眼を光らせた安次郎を見やって錬蔵が告げた。

「たとえ武士といえども何の非もない町人を無礼討ちすることは許されぬ。とことん調べ上げ、戸田堯之進を裁きの場に引き据えてやるのだ」

「野郎と刺し違える気でやりやす」

眼を細めて安次郎が不敵な笑みを浮かべた。

三

翌朝、用部屋で錬蔵は前原伝吉《まえはらでんきち》や安次郎と向かい合っていた。

「昨夜、尾張藩下屋敷そばの化粧堀で旗本、戸田堯之進にどこぞの遊女と遊び人風の男が無礼討ちにあった」

ふたりに眼を向けて錬蔵が告げた。

「化粧堀ですか。深川に数ヶ所あるが、化粧堀なら人目がない。その気になれば、いとも簡単に人斬りができる」

さすがに二年の余、深川の裏長屋に住みつき用心棒稼業でたつきを得ていた前原である。化粧堀のことは、すでに知っていた。

「此度の一件について咎めがないことに調子にのり、向後《こうご》も戸田堯之進めが化粧堀に出没しては、無礼討ちと屁《へ》理屈をつけ辻斬りを仕掛けるかもしれぬ。このまま放置しておくわけにもいかぬ」

「化粧堀を手分けして見廻る。まずは、そのあたりから始めるしかなかろうかと」

　応えた前原に安次郎がつづいた。

「あっしも、そうおもいやす。ただ、他にひとつ、すぐにもやらなければならないことが、ありやす」

「安次郎は、ここ一月ほどの間に化粧堀で殺された者が他にもいるのではないか、とおもっているのだな」

「調べたほうがいいのでは」

「そうよな。化粧堀界隈《かいわい》の聞き込み、安次郎にやってもらおうか」

「わかりやした」

　顔を向けて錬蔵が告げた。

「前原、戸田堯之進の身辺を調べ上げてくれ。四千石の大身旗本といえば屋敷は本所南割下水《みなみわりげすい》あたりだろう。小名木《おなぎ》川を境に本所一帯は旗本の屋敷がつらなる、いわゆる武家地。岡場所が点在する深川は町人が勝手に振る舞うことができる、いわば無礼講の一角だと、おれはおもう。その深川に戸田堯之進が、ただ遊びに来たとはおもえぬ。無礼討ちとの勝手な理屈をつけ、新刀の試し切りするためにきたわけでもなかろう」

「御支配は、戸田堯之進が謀《はかりごと》をめぐらしているとおもっておられるのでは」

「顔も見たことのない相手だ。何ひとつ、わからぬ。まずは、どこぞの旗本屋敷の賭場にでも出かけて噂を聞き込んでくれ」

「賭場に潜り込むのは遊びに来る客が増える夕刻としましょう。それまでは南割下水の大身旗本の屋敷町あたりをぶらついて、聞き込みをかけます。浪人者としかみえぬ拙者《せつしや》の出で立ち、武家地では仕官の口を求めて歩きまわっている者とみられるはず。一日中ぶらついていても不審におもう者は誰ひとりおりますまい」

着古した小袖を軽く叩いて前原が微笑んだ。前原は以前、北町奉行所の同心で、大滝錬蔵の指揮下にあった。妻が渡り中間《ちゆうげん》と駆け落ちしたことを恥じて、

〈不義者、成敗せずにはおかぬ〉

との決意を秘めて、

〈職を辞《じ》す〉

との書付を包んだ封書を北町奉行所与力用部屋の錬蔵の文机《ふづくえ》の上に置いて姿を消したのだった。

二年後、深川大番屋支配に任じられ深川の地を踏んだ錬蔵の前に、やくざ一家の用心棒として現れたのが前原伝吉だった。

それがきっかけとなった。

「いま一度、命を燃やす気はないか」

と錬蔵に誘われた前原は即答を避けたが、時を置かずに、

「夢を、新しい夢をみたくなりました」

と深川大番屋に参じたのだった。ただし、身分は安次郎と同じ、

〈錬蔵の下っ引き〉

であった。

裏長屋から、佐知《さち》と俊作《しゅんさく》のふたりの子と共に深川大番屋の長屋へ移り住んだ前原は、用心棒をやっていた頃と変わらぬ、伸ばした月代に着古した小袖に袴といった、いかにも浪人然とした出で立ちで任に就《つ》いていた。

「この方が何かとやりやすいので」

と前原がいうとおり深川のやくざたちは用心棒の頃とおなじように、

〈先生〉

と親しみをもって呼んでくれる。当然のことながら、事件の聞き込みがやりやすいのは事実だった。

「すぐにも動いてくれ」

告げた錬蔵に無言で安次郎と前原が顎《あご》を引いた。

ふたりが用部屋から立ち去った後、錬蔵は文机に向かった。文机の上に置かれた同心たちの復申書を手に取る。

松倉孫兵衛《まつくらまごべえ》。

溝口半四郎《みぞぐちはんしろう》。

八木周助《やぎしゆうすけ》。

小幡欣作《おばたきんさく》。

手先の小者と共に見廻る深川大番屋へ詰める四人の同心たちは、

〈御上《おかみ》の御威光〉

を背にしているとの意識が、どうにも抜けないようだった。

そのためか、つねに、

〈上からの目線〉

でしか物事を見ることができない。

深川のような、いつ御上の手入れが入るかわからぬ岡場所の点在する土地《ところ》では、町人たちから敬遠されることがあっても親しまれるということは決してない同心たちの動きであった。

（あれでは町人たちから気安く話しかけられることはあるまい）

と錬蔵は断じていた。

町人と気軽に触れあえぬ、ということは事件の前触れともいうべき噂話も耳に入らぬ、ということに通じる。

その危惧《きぐ》が錬蔵に、

（化粧堀と戸田堯之進にかかわる探索は前原と安次郎にやらせるしかない）

との決断をさせた。

松倉ら四人の同心たちの復申は、いずれも、

〈見廻るところに異変の兆《きざ》しなし〉

というものだった。

復申書を文机に置き、錬蔵は溜息をついた。

四人の同心たちと、

（こころが通じ合った）

とおもうときが何度もあるのだが、数日もすると、また以前の、

（腹を探り合うかかわり）

にもどってしまう。そんなことを繰り返しているのだった。

が、それでも少しずつ同心たちにも変化がみられるようになっている。一同揃《そろ》っての出役のときなどは、以前は何やかやと手配りについて聞きたがり、気に入らぬと不満げに口を尖らせたり、横を向いたりして、あからさまに気乗りしない様子を示したが、いまは、

〈御支配の手配りに従うしかない〉

と腹を括《くく》ったのか、文句のひとつもいわずに出役の支度にかかるようになっていた。

（人のこころなど、たとえ躰《からだ》を断ち割っても見えぬもの。少しずつわかりあっていくよう努《つと》める。それしか手立てはあるまい）

と思い直している、このごろの錬蔵であった。

入江町の時の鐘であろうか、四つ（午前十時）を告げて鳴り響いている。鐘撞堂とは、さほど離れてもいないのだが今日はなぜか、いつもより遠くから鐘の音が聞こえてくるような気がした。刻限からみて江戸湾から大川を上り小名木川に入った舟が、あちこちの船着き場に接岸し荷下ろしなどをはじめて、喧噪を極めているのかもしれない。

ぼんやりと鐘の音に聞き入っていると廊下を踏みならす、複数のものとおもわれる

入り乱れた足音がした。同心たちは、よほどのことがないかぎり見廻りに出る前に用部屋に顔を出さずともよい、と決められていた。今朝は顔を出さねばならぬ、何らかの事情ができたのだろう。

「御支配、松倉です。皆も一緒です」

戸襖ごしに廊下から声がかかった。

「入れ」

戸襖をあけて入ってきた松倉たちが横にならんで、錬蔵と向かい合った。

四人の顔に緊張したものがみえた。

「何か、あったのか」

「実はさきほど船宿〈枡川《ますかわ》〉から訴えがありました。手がすいていた小幡が話を聞いたところ厄介極まる話でして。小幡、御支配にお話ししろ」

と一番年嵩《としかさ》の松倉が小幡をみやった。小幡は鞘番所に詰める同心のなかでは、もっとも年下だった。

〈手がすいていた〉

と松倉はいったが、おそらくは、

〈年若の小幡に訴えの聞き役を押しつけたのであろう〉

と錬蔵は判じていた。

一膝乗りだして小幡がいった。

「実は昨夜、船遊びをしたい、と旗本四人が枡川にやってきたそうです。ふたりずつ二艘の猪牙舟に分乗して二十間川から木場《きば》の貯木池にさしかかったところで突然、旗本のひとりが大刀を抜き『猪牙舟を漕《こ》ぎたくなった。おまえは下りろ』と抜き身を突きつけたそうで」

「船頭は〈命あっての物種《ものだね》〉と水に飛び込んだ、というのだな。二艘とも、同じ目にあったのか」

「如何様《いかさま》。出で立ちからみて大身旗本の子弟。悪さが過ぎるが相手がお武家では仕方がない。猪牙舟は今夜のうちにも返しに来るであろう、とおもって主人《あるじ》は待っていたが梨の礫《つぶて》で何の音沙汰もない。それで業を煮やして主人が訴え出た次第でして」

「旗本たちは名乗ったのか」

「鈴木甚内《すずきじんない》とひとりが名乗りを上げたそうですが、他の三人は名乗ることはなかったそうです」

「鈴木など旗本に何人もある名、おそらく偽名であろう」

誰に聞かせるともなくつぶやいた錬蔵が一同を見渡して告げた。

「相手が旗本と名乗った以上、支配違いの町奉行所が探索に乗りだすわけにもいくまい。皆、見廻りに出るがよい」

「しかし、それでは深川を守れませぬ。とりあえず枡川へ出向き、聞き込みだけでもするべきかと」

小幡が不満げな声を上げた。

横から八木が口を挟んだ。

「いいではないか、小幡。下手《へた》に手を出しては相手は旗本、おもわぬ厄介事に巻き込まれるかもしれぬ、御支配は見廻りに出ろ、と仰有《おつしや》っているのだ。後は、御支配におまかせするべきだ。いいな」

「それは」

いいかけて小幡が口を噤《つぐ》んだ。八木の物言いから、

（皆、この猪牙舟騒動の探索には乗りだしたくないのだ）

と察して黙り込んだに違いなかった。

「それでは見廻りに出かけます」

話を打ち切るように松倉がいい、頭を下げた。脇に置いた大刀に手をのばす。溝口や八木がそれにならった。小幡も、渋々大刀を手に取った。

無言で錬蔵は松倉たちを見やっている。

町人たちから出された願い書などに目を通し、決裁すべきは決裁して処理したあと見廻りに出る、と錬蔵は考えていた。

が、枡川の猪牙舟が旗本の子弟に奪われたとの訴えがあった、と知らされたときから、

(猪牙舟か小舟が旗本の子弟に奪われた、との訴えが他にもあるかもしれない)

と推量して大番屋に居残ることにしたのだった。

昼近くになって子供たちのはしゃぎ声が聞こえてきた。前原のふたりの子が昼飯の支度を始めたお俊《しゅん》の近くで遊んでいるのだろう。

お俊は前原の長屋に居候《いそうろう》して、ふたりの子の母がわりをしている。もとは腕のいい女掏摸《すり》だった。凶盗、夜鴉《よがらす》の重吉《じゅうきち》の手下の巾着《きんちゃく》を掏《す》ったことから命を狙《ねら》われる羽目に陥《おちい》ったお俊を、錬蔵が鞘番所に匿《かくま》った。その一件は落着をみたのだが、前原のふたりの子がなついていることもあって、そのまま、お俊は居着いているのだった。いまでは女掏摸のころ培《つちか》った度胸の良さを買われて、しばしば捕物の手伝いをするようになっている。

小者が用意してくれた昼餉《ひるげ》を食した錬蔵は文机の前に坐り、決裁の書付づくりに精を出した。

八つ（午後二時）過ぎに、ひとりの男が深川大番屋に顔を出した。

男は佐賀《さが》町の船宿〈孤雁《こがん》〉の主人だった。

取り次ぎの小者に公事人《くじにん》溜まりに孤雁の主人を通すよう伝えた錬蔵は、訴えを聞くべく立ち上がった。

公事人溜まりの隣にある調べ部屋で孤雁の主人から聞いた話は、枡川の主人が小幡に訴えたことと大同小異のものだった。不思議なことに孤雁でも、旗本の一人が、鈴木甚内と名乗っていた。

孤雁の主人から話を聞き終え、錬蔵は用部屋へもどった。

旗本たち八人がほぼ同時刻に枡川、孤雁の二軒の船宿にやって来て、猪牙舟四艘に乗り込んだ。四艘とも木場の貯木池あたりにさしかかったとき、抜き身の大刀を突きつけて船頭を脅し、水中に飛び込んで逃れざるを得ない有り様に追い込んでいる。

（八人の旗本は猪牙舟四艘を奪って何を為そうとしているのか。何事か企《たくら》んでいることだけはたしかだ）

それがどんな謀《はかりごと》か、錬蔵に推《お》し量《はか》る術《すべ》はなかった。顔も見たことがない相手である。

どうにも気にかかることが、ひとつだけあった。

化粧堀で逢い引きをしていた遊女と情夫《いろ》とおもわれる遊び人風の男を戸田堯之進が斬って捨てたその夜に、二軒の船宿から四艘の猪牙舟が奪われた。奪った八人は旗本で、そのうちのひとりが鈴木甚内とそれぞれの船宿で名乗っている。

同じ旗本とはいえ、堯之進と猪牙舟を奪った者たちとの間につながりはないかもしれない。

が、

（これらの事件は、どこかでつながっている）

との予感が錬蔵を捉えて離さなかった。

うむ、と錬蔵は首を傾げた。

腕を組む。

思考を深めた。

（化粧堀での無礼討ちと猪牙舟奪取。どうにもつながらぬ）

宙を見据えて錬蔵は思案の淵に沈み込んでいった。

四

「御支配、前原です。ただいま立ち戻りました」

戸襖の向こうから声がかかった。

その声で錬蔵は堂々巡りの思案から覚めた。前原が帰ってきたということは暮六つ（午後六時）はとうに過ぎているはずであった。

「入れ」

応えた錬蔵に呼応するかのように戸襖が開かれ、前原が入ってきた。

向かい合って坐るなり、前原が告げた。

「戸田堯之進め、屋敷には帰らず深川にある戸田家の別邸で住み暮らしているそうで。何でも旗本の二男坊、三男坊の部屋住み仲間を集めては無頼どもを手先に使い、客を集めて賭場を開いている、という話でして」

瞬間……。

（これであ奴と猪牙舟を奪った旗本たちがつながった）

と錬蔵は断じた。何の証《あかし》もない。が、長年の探索の積み重ねで培ってきた勘が、そう告げていた。錬蔵は、おのれの勘を便《よすが》に調べ上げ、過去に何度も事件を落着していた。

「旗本の子弟たちは、その別邸に何人ほど集まっているのだ」

問うた錬蔵に前原が応えた。

「そのところはまだ調べがついておりませぬ」

調べるよう命じたのは今朝のことである。

（探索にかけた時間《とき》が少なすぎる。そこまで望むのは、どんな探索上手でも無理な話だ）

と錬蔵は判じた。再び問うた。

「戸田家の別邸は、どこにある」

「木場の貯木池に面した茂森《しげもり》町は幾世橋《いくよばし》の近くにあります。別邸は、この目でたしかめてきました。いわゆる武家屋敷の造りではなく根岸《ねぎし》によくある大店《おおだな》の寮のような瀟洒《しょうしゃ》な造りで、外から見ただけでよくわかりませぬが、屋根の広さからみて多数の座敷を有する豪邸、とおもわれます」

「戸田家の家禄は四千石であったな。別邸を持つほど内証《ないしょ》が豊かともおもえぬが」

「戸田家の当主、太郎左《たろうざ》様は〈銭《ぜに》相場の達人。大儲《もう》けして金蔵には千両箱が山と積まれている〉との噂がある御仁《ごじん》。風聞にすぎませぬが御老中、田沼意次《たぬまおきつぐ》様が戸田太郎左様の銭相場の捌《さば》き上手に目をつけ、御上の金蔵の金を流用して預けられた。銭相場を操作できるほどの金高、田沼様も戸田様も濡れ手に粟《あわ》の儲けぶりだということでございます」

金権政治、賄《まいない》の高で動く狡猾《こうかつ》極まる奴、などと悪評が絶えない人物、それが田沼意次であった。

経済重視の政策は大きな貧富の差を生み出していた。飢饉で年貢を納められぬ農民は故郷を捨てて無宿者となり、諸国を流浪しては江戸に流れ着き、それこそ、〈喰うために〉

さまざまな悪事に加担していった。

一方では大店の主人たちが吉原の花魁《おいらん》の身請けをめぐって競い合い四千両、五千両の大金を積んだりしている。

「御老中、田沼意次様の息のかかった大身旗本か。金がすべての、ろくでもない人物としかおもえぬ」

汚いものでも吐き捨てるように錬蔵がつぶやいた。

黙然と座してはいるが同じ思いの前原であった。

重苦しい沈黙がその場にあった。

顔を向けて錬蔵が口を開いた。

「前原、実は、今日、枡川と孤雁、二軒の船宿から猪牙舟が四艘奪われた、との訴えがあったのだ。奪った悪党は誰だとおもう」

「戸田堯之進と気脈を通じた旗本の誰ぞ、ということでございますか」

「おれが勘は、そう告げてはいるが、まだ、たしかなことはわからぬ。奪われた刻限は、ほぼ同じ。二軒とも旗本の一人が鈴木甚内、と名乗ったそうな」

一瞬、唖然とした前原が呆《あき》れた口調でいった。

「鈴木甚内が、ふたり、ほぼ同じ刻限に現れたのですか」

「そうだ。おそらく偽名だろう」

「そうでしょうな」

「猪牙舟を奪われた船宿が枡川と孤雁のほかにもあるかもしれぬな」

「調べましょう。刻限からいっても船宿は商《あきな》いの真っ最中です」

腰を浮かした前原に錬蔵が、

「明日でよい。猪牙舟を奪って何を企んでいるのか、読み取れぬ。気まぐれな旗本どものやることだ。案外、深川の堀川のどこぞに乗り捨ててあるかもしれぬ」

「そのことも船宿にあたれば、わかってくるはず。ひょっとしたら、すでに猪牙舟を奪われた、と訴えてきた船宿にもどっているかもしれません」

「引き上げるがよい。おれは、いま少し書付に目をとおす」

「それでは、これにて」

　大刀を手に前原が立ち上がった。


　半刻（一時間）ほどして安次郎がもどってきた。

　坐るなり、安次郎が告げた。

「鶩《あひる》、新地、網打場《あみうちば》の化粧堀で板前、茶屋の男衆、土地のやくざの三人が辻斬りにあっておりやした」

「女の骸はなかったのか」

　問うた錬蔵に、

「それが男の骸だけだったそうで。化粧堀という場所柄、逢い引きしていたに違いないとおもって、しつこく聞き込みをかけたんですが、みつかったのは男の骸だけだと」

「刀で斬られたのだな」

「袈裟懸けに一太刀。ざっくりと肩が切り裂かれていて『あれじゃ、叫び声を上げる間もなく息絶えたんじゃねえか』と骸を見た、顔見知りのやくざがいっておりやした」

首を傾げて錬蔵が黙り込んだ。

顔を向けたまま安次郎は錬蔵がことばを発するのを待っている。

少しの間があった。

「女の骸がなかったということは、どこかへ連れて行かれたということではないのか。何せ化粧堀で起きた辻斬り騒ぎだ。逢い引きの相手の女が、そこにいた、と考えるべきだろうな」

「近くの茶屋や局見世で行方知れずになった遊女がいるかどうか、聞き込みをかけやしょう」

「そうしてくれ」

そこでことばを切った錬蔵が安次郎を真っ直ぐに見つめて、つづけた。

「男が三人、斬り殺されているんだ。死体が転がっていたというのに、なぜ町人たちは深川大番屋へ届け出ようとしないのだ。これでは探索して下手人をあげるなど端《はな》からできぬこととなってしまう。辻斬りが勝手気儘《きまま》に歩きまわる。殺される者が増えていくだけではないか」

「旦那、ここは深川ですぜ。町奉行所の与力、同心、下っ引きたちとは妙なかかわりは持ちたくない、厄介事に巻き込まれるのがおちだと深川に住み暮らす町人のほとんどが、そうおもってまさあ」

「厄介事に巻き込まれるだけか。しかし、それでは」

「深川に住む者たちを守り抜くのはむずかしい。そう旦那は、いいたいんでしょう」

　無言で、錬蔵が顎を引いた。

「けどねえ、旦那。やたら威張り散らす同心たちがほとんどですぜ。旦那が鞘番所の御支配になって深川に根を下ろす前まではけっこう大変だったたって話だ。いっちゃなんだが、いまはおとなしくなってらっしゃるが、溝口さんや八木さんなんかは袖の下はとる、小遣いはせびるで、嫌われ者だったたって昔の仲間の男芸者たちから何度も聞かされてまさあ」

「知っている。おれも河水楼《かすいろう》の政吉《まさきち》から聞いた。が、いまはおれが仕切っているのだ。深川大番屋の同心や下っ引きたちにそのような悪さはさせぬ」

「そうはいってもね。旦那の心意気が町のみんなに伝わるには、もう少し時間《とき》が必要ですぜ」

「急がぬが、よいか」

「へい。そのうちでさ。みんな旦那のことがわかってきたら、腹を断ち割って甘えてきまさあ。そうなったら旦那、大変ですぜ」

「何が大変なのだ」

「よろず揉《も》め事の相談を受ける羽目になりやすぜ。朝から晩まで、それこそ犬も食わない夫婦喧嘩の仲裁まで、やらなきゃならなくなる」

「それは困る。おれは、男と女のことには疎《うと》い。苦手だ」

「そのあたりの相談事は、あっしが引き受けますがね。どっちにしても、あっしは、いまぐらいで丁度いい、とおもいますがね」

「丁度いい、というと」

「こちらから近づいていって話を聞き出す程度が、ってことですよ。深川に住み暮らしている者は寂しがり屋で人懐っこい連中だ。鞘番所が町人たちの溜まり場になっちまうかもしれませんぜ」

微笑んで錬蔵がいった。

「何かと急がぬようにしよう。深川大番屋が町人たちの溜まり場になっては務めに障《さわ》るからな」

「捕物どころじゃなくなりますぜ」

揶揄《やゆ》した口調の安次郎がことばを切り、真顔《まがお》になって、つづけた。

「ところで、旦那。明日、河水楼へご足労願って河水の親方と会っていただきたいんで」

「行方知れずになっている遊女がいるかどうかたしかめるのだな」

「図星で。この聞き込みだけは旦那でなきゃできねえ。何せ河水の藤右衛門《とうえもん》親方は旦那に惚《ほ》れ込んでいらっしゃいますからね」

「竹屋の安次郎親分のおことばだ。逆らうわけにはいかねえな」

にやり、と悪戯《いたずら》っぽい笑みを浮かべて安次郎を見やった。

「これだ。旦那も、かなり深川の気風《きっぷ》に馴染《なじ》んできやしたね」

からかうような笑いを錬蔵に返した。

翌日、昼近く、錬蔵は門前仲町《もんぜんなかちょう》の河水楼にいた。

前触れなしに顔を出した錬蔵は応対に出た男衆に、

「深川大番屋の大滝が来た、と主人に取り次いでくれ」

と頼んだ。

幸い、河水の藤右衛門は河水楼にいた。自ら迎えに出てきて、

「奥の座敷で四方山話《よもやま》などいたしましょう」

と見世にいるときに使っている帳場の奥の座敷へ錬蔵を招じ入れた。

藤右衛門は河水楼のほかに表櫓、裾継、門前東《ひがし》仲町などの深川七場所に茶屋十数店を有している。

河水の藤右衛門と二つ名で呼ばれ、深川では、

〈三本の指に入る顔役〉

と評価される人物であった。

顔役といっても無頼の、やくざ渡世に身を置いているわけではない。あくまでも茶屋の主人らしく、

〈女の色香と遊びを売る商人〉

として稼業に励む者であった。

したがって、商いに災いをもたらす無法者はあくまで手厳しく扱った。河水の藤右衛門は無頼に対抗しうる、

〈巨大な力〉

を備えているのだった。

向かい合って坐るなり錬蔵が藤右衛門に問うた。

「聞きたいことがあって、やってきたのだ」

「どのようなことで」

「行方知れずになった遊女の噂を耳にしたことはないか」

問いかけた錬蔵に、

「あります」

間髪《かんはつ》を入れず藤右衛門が応えた。

「何人だ」

「いまのところ三人」

「化粧堀で行方知れずになったのではないのか」

さらに問うた錬蔵に藤右衛門が、

「ご存じでしたか。鶩、新地、網打場の化粧堀でそれぞれひとりずつ」

ことばを切って、錬蔵を見つめ、つづけた。

「遊女たち三人が行方知れずになったこと、どこで知られました」

「安次郎が自らの調べをもとに推断したのだ」

「安次郎が。探索の腕があがりましたな」

「安次郎が夜の見廻りの途上、石場の化粧堀で無礼討ちの場に出くわした」

「無礼討ちですと」

「おれが男と女の骸をあらためた。一太刀で仕留めた、見事な切り口であった」

「無礼討ちとすれば、斬り殺した者の姓名はわかっているのですな」

問うた藤右衛門の眼に怒りの炎が燃え立ったのを錬蔵は見逃さなかった。

が、それも一瞬のこと……。

つねと変わらぬ藤右衛門がそこにいた。

「わかっている。旗本四千石、戸田家の二男、戸田堯之進だ」

「戸田堯之進、大身旗本の二男坊」

「たとえ部屋住みの二男坊といえども支配違いの町奉行所与力の身、迂闊《うかつ》には手を出せぬ。石場で斬り殺されたふたりが無礼討ちにされるほどの無礼を働いたとは、とてもおもえぬ。行きずりにただ斬り捨てた、となると無礼討ちとは認められぬ。調べを重ねて証をととのえ、しかるべき筋へ訴え出る所存」

「気の長い話ですな」

穏やかな藤右衛門の物言いであったが、音骨《おとぼね》に皮肉なものがこもっているのを錬蔵は感じとっていた。

はじめてみせる藤右衛門の有り様に、錬蔵は少なからず驚かされていた。武士が無抵抗の町人を、

〈斬り捨て御免〉

と腹立ちまぎれに斬る、

〈無礼討ち〉

町人の身として、

〈断じて許せぬこと〉

と藤右衛門がおもっているのはあきらかだった。

（藤右衛門のこころには武士に対する反骨の炎が沸々《ふつふつ》と煮え滾っている）

初めて藤右衛門と顔を合わせたとき、錬蔵は重苦しいまでの威圧を覚えたものだった。

いま、そのときに似た威圧が藤右衛門の躰から発せられている。

黙然と錬蔵は藤右衛門を見つめた。

重苦しい沈黙が流れた。

「気の長い話ですな」

同じことばを繰り返した藤右衛門は、ふうっ、と大きな溜息をついて、つづけた。

「戸田堯之進の父、太郎左さまは御老中、田沼意次さまより巨額の金子《きんす》を預けられ、銭相場でその金を動かして大儲けなされていると聞いております。権勢を恣《ほしいまま》にする田沼さまを後ろ盾《だて》とする戸田さまの御二男、堯之進を裁きの座に引き出すなど、端から無理な話ではございませぬか」

「無理かもしれぬ。が、無理とわかっていても、やらねばならぬ時もある。深川に住み暮らす者たちを守るのが、おれの仕事だ」

「その二男坊が何か企んでいるのですな」

「戸田家の別邸が茂森町にある。そこに大身旗本の二男、三男坊とおもわれる者たちが多数、集まっているそうだ」

「茂森町に戸田さまの別邸が。いつ手に入れられたのか。深川の隅々まで目配りしている気でいましたが、そのことは耳に入っておりませんでした。河水の藤右衛門、耄《もう》碌《ろく》がはじまりましたかな」

「銭相場に手を出して大儲けしているほど目端《めはし》が利《き》く戸田太郎左のことだ。どこぞの大店の寮をひそかに譲り受けたが表沙汰にしなかった。それだけのことであろうよ」

無言で藤右衛門は微笑んだだけだった。

「戸田堯之進はじめ戸田家の別邸に巣喰う旗本の子弟ども、何を企んでいるかわからぬ。おそらく藤右衛門の手を借りることになるだろう。そのときは、よろしく頼む」

　頭を下げた錬蔵を手で制した藤右衛門が、

「深川大番屋の御支配さまが茶屋の主人風情《ふぜい》に頭を下げてはいけませぬ。河水の藤右衛門は深川を根城に商いを為す者、稼業の邪魔になる者は取り除かねばなりませぬ」

「藤右衛門」

　見つめた錬蔵の眼を藤右衛門が見つめ返した。その眼が、

（邪魔者は決して許さぬ）

　と告げている。

五

（藤右衛門にも話しておくべきだったのかもしれぬ）

　猪牙舟が鈴木甚内と名乗る旗本たちに奪われたことを、である。錬蔵は、鈴木甚内が偽名である以上、旗本と告げたことも、

（嘘ではないか）

　との疑念を抱き始めていた。

（旗本と名乗ったから旗本、と思い込んでいただけではないのか）

わずかだが湧いた疑惑が錬蔵に慎重な動きをとらせた。

（曖昧《あいまい》なことを藤右衛門に告げてはいけない。間違っていたら、ふたりの間に罅《ひび》が入ることになる）

とのおもいが芽生えていた。

しかし……。

いまは、

（たとえ確かな証がなくとも告げておくべきだった）

と考え始めている。

生じていた迷いが河水楼を出た錬蔵を茂森町へと導いていた。

戸田家の別邸のあるところは前原から聞いて知っていた。二十間川を挟んで向こう側に洲崎《すさき》の土手が見える。土手道沿いに粗末な建家が並んでいた。家の前に投網が干してあったり、多数の釣り竿《ざお》が外壁に立てかけてあるところをみると漁師の住まいなのかもしれない。

河岸道を歩いていた錬蔵は、二十間川を江島《えじま》橋の方からすすんでくる猪牙舟に気づいて足を止めた。

船頭ではなく遊び人風の男が櫓《ろ》を操っている。武士がふたり乗っていた。前方を鋭く見据えている。船遊びをしている顔つきではなかった。

立ち止まったまま錬蔵は凝然とみつめた。猪牙舟は錬蔵の前を通りすぎていく。その錬蔵に、ふたりの武士は一瞥《いちべつ》もくれなかった。

（川筋の様子をたしかめながら見廻っているのだ）

そう錬蔵には感じられた。

船頭をつとめる遊び人風の男は一癖ありげにみえた。月代をのばしている。無宿人くずれのならず者かもしれない。

金岡橋《かなおか》を渡ると木場町となる。ひとつめの丁《てい》字路を左へ行くと貯木池を貫く通りが延びていた。道の左右の貯木池に浮島のように木置場が並び、無数の丸太が立てかけられたり山と積まれていた。

木置場は架《か》けられた橋ごとに区切られており、通りは四本の橋でひとつにつながっていた。五本目の橋、亀井橋を渡って右へ行き、一つ目の、幾世橋を渡ると茂森町であった。幾世橋を渡ってすぐ左側の角地が戸田家の別邸だった。

このあたりは材木問屋の集まる一帯で店と住まいをかねた広大な敷地を有する屋敷が建ち並んでいる。それぞれの屋敷に船着き場がもうけられ、数艘の小舟や猪牙舟が舫《もや》ってあった。

戸田家の別邸の船着き場には小舟が一艘、舫杭につながれているだけであった。船宿から奪われたはずの猪牙舟は、どこへ消えたか見当たらなかった。

二十間川で見かけた、ふたりの武士を乗せた猪牙舟が錬蔵の脳裏《のうり》に甦《よみがえ》った。

〈あの猪牙舟はこの別邸の船着き場につながれていたのかもしれない〉

次の瞬間……。

〈思い込みにすぎぬ〉

と強く打ち消していた。

町奉行所与力を拝命し、探索のいろはを老練な探索方の与力、定町廻りの同心たちから教えられてきた。そのなかでもっとも気をつけねばならぬこと、と耳に胼胝《たこ》ができるほど教えられてきたのが、

〈思い込みで事件の調べをしてはならぬ〉

ということであった。こうではないかと勝手に思い込むことが、

〈事実を見極める眼を鈍らせる〉

というのが先達《せんだつ》の与力、同心たちの教えであった。

〈勘と思い込みは紙一重〉

だと錬蔵はおもう。培ってきた勘が、この数日、うまく働いていないように感じられるのだ。

支配違いで、本来は探索の手をのばすことを禁じられている旗本が相手である。探索し一件を解明していくだけでも難しいのに、相手の旗本に感づかれることなく調べ上げ、揉み消されぬように、狙う旗本とはかかわりのない目付に罪の証を添えた上申書を届け出る、という作業は、なまなかなものではなかった。

（余計なことに気をとられすぎている）

そのことに錬蔵は思い至っていた。

どういう出方をしてくるか。堯之進や別邸に巣喰う旗本たちのことを何ひとつ知らない以上、推測する便《よすが》すらないのだ。

（出たとこ勝負でやるしかあるまい）

そう決めたら胸のつかえがとれたような気がした。

化粧堀で遊女とその情夫を無礼討らした堯之進の調べ。

船宿を訪れ、船遊びをする客を装って四艘の猪牙舟を奪った、旗本らしき、ふたりの鈴木甚内の探索。

（このふたつの事件は、つながりのない、まったく別のこととして調べ上げていくべ

きものなのだ）

あらためて錬蔵はおのれに言い聞かせた。

再び錬蔵は戸田家の別邸を見つめた。物音ひとつ聞こえてこない。前原がいうように多数の旗本の子弟がいるようにはおもえなかった。

やがて……。

別邸を横目に錬蔵は歩きだした。

（本所へ向かい、南割下水近くの戸田太郎左の屋敷の周りを歩きまわってみるか）

そのあたりで口の軽そうな渡り中間でもみつけて、堯之進の噂でも聞き込む。錬蔵は、堯之進の身辺や暮らしぶりを知ることで、行動の形を推し量れると考えていた。

貯木池の河岸沿いを、鉤方につらなる茂森町の町家を左にみて錬蔵は歩みをすすめた。崎川橋《さきかわ》を渡り亥《い》ノ堀《ほり》川の河岸道をまっすぐに行き、新高橋《しんたか》を渡りきって斎藤《さいとう》堀沿いに歩きつづけた。

菊川橋《きくかわ》にさしかかったとき、左手の道をふたりの配下を引き連れ、火盗改メの与力進藤与一郎《しんどうよいちろう》が歩いてくるのに気づいた。さいわい進藤与一郎は配下と談笑するのに夢中で、錬蔵に気がついていないようだった。

立ち話するのも面倒だった。錬蔵は素知らぬ風を装って河岸道を急いだ。行きながら錬蔵はこのあたり、菊川町に火付盗賊改方長官、長谷川平蔵《はせがわへいぞう》の屋敷があることを思い出した。加役火付盗賊改方に役宅があてがわれることはなかった。長官を拝命した旗本は自分の屋敷を役宅として用い、邸内に取り調べのための白洲《しらす》、仮牢などを仮設し務めに励んだのだった。

小名木川にかかる新辻《しんつじ》橋、横《よこ》川に架かる北《きた》辻橋と渡って横川沿いにすすむと、左に入江町の鐘撞堂が見えてくる。深川鞘番所で聞く時を告げる鐘の音は、この鐘楼で撞《つ》かれる鐘からのものであった。

入江町から長崎《ながさき》町へとすすむと左手に堀がみえる。この堀川が南割下水だった。

南割下水の近辺には大身旗本の屋敷がつらなっている。横川沿いにさらに先へ行くと、中《なか》ノ郷《ごう》横川町の町家の並びをふたつに割る形で北《きた》割下水が流れている。北割下水のある一帯には微禄の旗本や御家人の小屋敷、御《お》小間《こま》遣い、御《お》賄陸尺《まかないろくしゃく》などの組屋敷がせせこましく建ち並んでいた。

大身旗本たちの豪壮な屋敷のつらなりを眺めながら、錬蔵は北割下水近辺の小屋敷の群がる景色を思い浮かべていた。住む者に身分の格差を歴然と見せつけようとの思惑が、そこには、はっきりと存在している。

(しかし……)

と錬蔵はおもう。

大身旗本の身分を継ぐという恩恵は嫡子にのみ与えられるものなのだ。二男以下の男子は部屋住みとして、冷や飯食い、御家の厄介者と疎んじられながら生涯を終えるしかない。

(二男、三男に生まれた者たちの不満、鬱憤《うっぷん》はいかばかりであろうか)

探索を通じて錬蔵は、遙《はる》かに文武にすぐれた二男、三男が家来として、家督を継いだ嫡子に仕える姿を何度も見てきた。

(御家を支えているのは二男坊殿ではないのか)

とおもえる愚鈍な当主が何人もいるのだった。

堯之進ら茂森町の別邸に巣喰う旗本の子弟たちが、おのれの不満、鬱憤を晴らすための場として深川を選んだのだとしたら、

(どれほどの悪行を為すか空恐ろしいものがある)

と錬蔵は考えていた。

町奉行所の探索の手が及ばぬことを承知の上で仕掛けてくるのだ。際限なく悪さを繰り返してくるに違いなかった。

口の軽そうな渡り中間や出入りの商人を求めて、錬蔵は南割下水の武家地を歩きま

わった。

　が、それらしき者に錬蔵が出会うことはなかった。いつのまにか陽は西に傾き、空が茜《あかね》に染まっている。

　聞き込みを諦めた錬蔵は鞘番所へもどるべく踵を返した。

　暮六つ（午後六時）の時鐘が鳴って小半刻（三十分）ほど過ぎたころに錬蔵は鞘番所へもどった。

　門番に物見窓ごしに声をかけ、表門の潜り口から入った錬蔵を意外な人物が待ちうけていた。

　政吉であった。

　門番詰所で錬蔵の帰りを待っていた政吉は、

〈急ぎご足労願いたい〉

　と記した河水の藤右衛門の書付を持ってきていた。

　昼ごろに藤右衛門と会ったばかりである。その日のうちの呼び出しであった。何か異変が起きたことはたしかだった。

「大事が起こったのだな」

問いかけた錬蔵に政吉が応えた。

「来ていただければ一目瞭然《いちもくりようぜん》で」

いつものことながら、政吉は藤右衛門に口止めされているようだった。

「河水楼へ向かうのだな」

「いえ、主人《あるじ》は外でお待ちしております」

「外で？」

かつてないことであった。

「案内してくれ」

入ってきたばかりの潜り口へ向かって錬蔵は足を踏みだした。


一歩後ろを歩きながら政吉が錬蔵の背後から話しかけてきた。

「事件が起きたのは七つ（午後四時）ごろです。たまたま休みで近くにいた船宿の船頭が揉め事に気づいて、あまりの横車、見過ごすわけにはいかない、と腹を立て主人に知らせに来たという次第で」

「横車の中身、知っているのか」

「知っております」

「話せ。藤右衛門にはいわぬ」

「主人からきつくいわれております。大滝さまには直接、見ていただいたほうがよい。決して話してはならぬ、と」

「そうか」

短くいって錬蔵は口を噤《つぐ》んだ。

ふたりは黙々と早足ですすんでいく。


仙台堀《せんだい》の上《うえ》ノ橋のたもとで河水の藤右衛門は待っていた。やってきた錬蔵に気づいて浅く腰を屈めたが、その場を動こうとはしなかった。

歩み寄った錬蔵に川面に顔を向けたまま藤右衛門が告げた。

「深川水軍と名乗っております」

「深川水軍？」

鸚鵡《おうむ》返しした錬蔵に藤右衛門が応えた。

「わたしもはじめて聞く名で。もっとも今日がお披露目《ひろめ》ではないかと」

片頬に藤右衛門が冷えた笑いを浮かべた。

「何をしているのだ」

「深川への入船代をとっているので」

「深川への入船代だと。通行代を徴収しているというのか。誰の許可を得たというのだ」

「深川は元禄《げんろく》の世にわれらが先祖たちが埋め立てて造り上げた地。われら旗本が堀川を縄張りとして差配しても誰に文句をいわれる筋合いはない。やくざが土地を勝手に奪い合い縄張りとするのと同じだ。わが深川水軍はやくざの一家のようにみかじめ料はとらぬ。かわりに深川への入船代をとる、と入ってくる舟に猪牙舟を漕ぎ寄せては口上を述べられております」

何度も聞かされたのだろう。藤右衛門は、深川水軍を名乗る者たちの口上をすらすらと述べ立てた。

「許せぬ」

「取り締まること、できますかな。相手はお旗本でございますぞ」

冷えた眼で藤右衛門が錬蔵を見つめた。見返した錬蔵は、一言も返さず橋のたもとから土手を下り終えた。

上ノ橋の橋桁《はしげた》を関所の木戸門がわりに、二艘の猪牙舟が横並びに一艘の猪牙舟の航路を塞《ふさ》いでいた。

猪牙舟には人店の主人とみえる五十がらみの、でっぷりと肥《ふと》った男が乗っていた。

水辺に下りてきた錬蔵に気づいて、船頭が声を上げた。

「お役人さま、深川への入船代を寄越せ、との無法極まる横車。お助けくださいまし」

「深川水軍のいうことを聞けぬというか。愚か者め」

船頭の声が終わらぬうちに睨《にら》み合っていた武士が、手にしていた棹《さお》でいきなり船頭を殴りとばした。

不意をつかれた船頭が派手な水音を立てて仙台堀に没した。

瞬間……。

巻羽織を脱ぎ捨てた錬蔵は大刀を腰からはずし土手に置いた。尻端折《しりつぱしよ》りするや仙台堀に飛び込む。気を失っているのか力なく水面に漂《ただよ》う船頭に泳ぎ寄った。

瞠目した藤右衛門が、

「政吉、大滝さまの大小二刀と巻羽織を拾いあげ抱えて離すな。深川水軍の手に渡ったら、面倒なことになる」

「命に替えても手離すものじゃありやせん」

背後に立つ政吉が転がるように土手を駆け下りた。水辺に置かれた錬蔵の大小二刀と巻羽織を抱え持つ。

溺れかかった船頭を抱きかかえ、抜き手を切って錬蔵は岸へ泳ぎ寄った。気絶したままの船頭を岸辺に横たえた錬蔵は、振り向いて棹で殴った旗本を見据えた。

「深川大番屋支配、大滝錬蔵でござる。将軍直下の旗本といえども、ちと無法が過ぎるのでは」

棹を手にした武士が、ふてぶてしい笑みを浮かべた。

「無法が過ぎたら、どうしようというのだ。おれは天下の旗本、戸田堯之進だ」

「戸田堯之進、だと」

見据えた錬蔵の眼が尖った。

土手の上で見据えている藤右衛門が堯之進の顔を見定めるためか、わずかに躰をずらした。

「深川水軍の総帥《そうすい》として応える。不浄役人の分際でわれらに意見するとは笑止《しょうし》千万《せんばん》。片腹痛いわ」

「深川への入船代を納めよ、との御法度は定められておりません。御法度に定められておらぬことを為すは、すなわち無法を為すと同義。見過ごすわけにはいきませぬ」

「見過ごすわけにはいかぬ、だと」

突然、堯之進が高笑いした。

哄笑《こうしよう》する堯之進を錬蔵が凝然と見据える。

ひとしきり笑った後、揶揄するように錬蔵に告げた。

「御法度を口にする者が御法度を知らぬとは呆れ返った話。これだから不浄役人と蔑《さげす》まれることとなるのだ。定書《さだめがき》に身分卑《いや》しき町奉行所の不浄役人が旗本を捕らえ、裁いてもよい、と記されているとでもいうのか。われらに手を出せるとでもおもっているのか」

びっしょりと水に濡れた錬蔵を見やって、さらにつづけた。

「仙台堀に飛び込んで濡れ鼠の体《てい》か。不浄役人にはふさわしき姿。不浄役人、すなわち鼠侍」

「野郎、いわせておけば勝手なことを。勘弁できねえ」

背後から飛びだそうとした政吉を錬蔵が腕を上げて制した。

「旦那、いいんですかい。悔しくないんですかい」

無言で政吉に目線を走らせた錬蔵が小さく首を横に振った。

「大滝の旦那」

唇を嚙《か》んで政吉が呻《うめ》いた。

「不浄役人に用はないわ。失《う》せろ」

吠《ほ》えた堯之進に錬蔵が告げた。

「深川の治安を守るが深川大番屋の務め。御法度に反することが為されるかぎり、この場を一歩も動くわけにはいかぬ」

低いが梃子《てこ》でも動かぬとの気概が声音《こわね》にこもっていた。

「おもしろい。天下の旗本に不浄役人が逆《さか》らう気か。岸へ漕ぎ寄せろ」

うなずいた船頭がわりの遊び人風の男が櫓を操った。

「おのれ、身の程しらぬ奴。その分には捨ておかぬぞ」

睨みつけた堯之進を錬蔵が鋭く見返した。

「その眼、潰《つぶ》してくれる」

怒りを露《あら》わに堯之進が錬蔵に向かって棹を突き出した。眼前に迫る棹先を錬蔵は身じろぎひとつせず見据えている。

二章　無為無策《むいむさく》

一

　棹が錬蔵に向かって突き出された。

　棹の先を錬蔵は見ていなかった。棹を操る戸田堯之進の腕の動きに錬蔵の眼は据えられている。

　その棹が錬蔵の眼を狙って間近に迫った。

　が、錬蔵は避けようともしなかった。その眼は大きく見開かれている。

　棹が、錬蔵の顔面を突いた。

　藤右衛門が、政吉が、いや、そこにいる誰もが、棹の一撃を浴びた錬蔵が土手に叩きつけられたとおもった。

　しかし……。

　眼を見開いたまま錬蔵は、そこにいた。凝然と堯之進を見据えている。

棹は錬蔵の顔に間一髪のところで止められていた。

凝視していた藤右衛門が、ふう、と息を吐いた。躰に溜まった凝《こ》りを吐き出すために為した動きとみえた。

棹を突き出したまま堯之進が錬蔵を鋭く見据えている。錬蔵も、また、厳しい眼差しで見返していた。

目線を注ぐ藤右衛門には、ふたりの戦いは、いまだ、つづいているかのように感じられた。錯覚、といいきれぬものが、そこにあった。

ふたりから発せられる研《と》ぎ澄まされた、

〈気〉

が、そうおもわせていることに気づいた藤右衛門は、その一挙手一投足《いっきょしゅいっとうそく》も見逃すまいと身を乗りだした。

（決して譲らぬ、との凄まじいまでの気迫。発する気が、並外れた強さでたがいに威圧しあっているのだ。これでは迂闊《うかつ》に動けまい）

そう藤右衛門は推《お》し量っていた。

その緊迫した沈黙が破れるときがきた。

ふっ、と堯之進が不敵な笑みを浮かべた。

ていた。

「おもしろい」

呟《つぶや》くようにいうや棹を手元に引き寄せる。表情ひとつ変えず錬蔵は堯之進を見つめていた。

目線を錬蔵に据えたまま堯之進がつづけた。

「どこで見抜いた。おれの腕の動きか。それとも肩の向きか、置いた足の位置か」

片頰《し》に微かな笑みを錬蔵が浮かべた。

「強いていえば、間合いのつくりよう、とでもいうか」

「なるほど」

呟いた堯之進が猪牙舟の浮かぶところから汀《みぎわ》まで視線を走らせた。

足の位置を見る。

「見事だ。猪牙舟は舳先《へさき》近くになるほど細くなっていく造り。足は斜めにしか置けぬ。よほど躰を捻《ひね》らぬと突き出した棹先の力が抜ける。瞬時で、そこまで、みてとったか」

無言で錬蔵は微笑みを浮かべただけだった。

「いずれ勝負を決しよう」

目線を錬蔵から、ともに入船代をとっていた別の猪牙舟の舳先近くに立つ旗本に移

した堯之進が、

「見ての通りだ。仙台堀に叩き落とした船頭からは入船代は取れぬ。猪牙舟を入船代がわりにもらえ。乗っている町人は人質にとれ。払わぬ入船代の利息がわりに身代金をとるのだ。かかれ」

「おもしろい。猪牙舟と船客の身代金をせしめるとなると、入船代より儲けが大きい」

船頭を振り向いた旗本が吠《ほ》えた。

「召《め》し上げる猪牙舟に乗り移る。寄せろ」

うなずいた船頭が櫓《ろ》と棹を巧《たく》みに操って大店の主人風が乗る猪牙舟に寄せた。

旗本が乗り移る。

飛び乗った衝撃に猪牙舟が、ぐらり、と揺れた。

主人風がことばにならない声を上げ、四つん這《ば》いとなった。

旗本が馴《な》れぬ手つきで棹を握った。棹で橋桁《はしげた》を突いて土手に猪牙舟をつけた。土手に飛び降りた旗本が猪牙舟を水辺に引き上げる。再び舟にもどり、主人風の襟首をつかんだ。

「お許しくださいまし。命ばかりはお助け」

手を合わせた主人風に旗本が顔を近づけ、のぞき込むようにして告げた。

「身代金を払ってくれ、と一筆したためるのだ」

「身代金はいかほどで」

「おまえの命の代価だ。おまえが決めろ。使いの者の手間賃にもならぬ安値をつけたら、何度も話し合うのは面倒だ。天下の旗本を小馬鹿にした罪は万死に値《あたい》する。この場で無礼討ちにしてくれるわ」

眼を血走らせて凄《すご》み、襟首をとった手にさらに力をこめた。

「苦しい。息が、できない。手を、手を、お離しください」

「身代金、幾ら払う」

片手を大きく開いて上ずった声を上げた。

「五十両。五十両で、御勘弁を」

「もう一声だ」

旗本が主人風の耳元で怒鳴った。

びくり、と躰を震わせた主人風が悲鳴に似た声でわめいた。

「百両。百両、払いまする」

旗本が堯之進を振り向いた。

にやり、とほくそ笑んだ堯之進が黙ってうなずいた。

うなずき返した旗本が主人風に向き直り、

「店の名をいえ。店のあるところはどこだ」

「いいます。いいます。日本橋《にほんばし》の」

そのことばを遮るように声がかかった。

「店の名をいう必要はありませぬ」

「何だと」

「おまえさんは河水楼の」

振り向いた主人風が、声を上げた。

土手を下りてきた河水の藤右衛門が浅く腰を屈《かが》めた。

「河水の藤右衛門と申します。この深川で茶屋商いをしている者でございます」

「河水の藤右衛門、だと。余計な口出しをすると痛い目をみることになるぞ」

居丈高《いたけだか》に旗本がいった。

「茶屋の主人風情《ふぜい》が出しゃばるのは僭越《せんえつ》極まる、と様子をうかがっておりましたが、どうやら、そうもいかなくなりましたので」

「そうもいかなくなったとは」

旗本が凄んだ声を上げた。

顔色ひとつ変えずに藤右衛門が応えた。

「わたしは深川で商いを為し、身過ぎ世過ぎの糧《かて》といたしております。ご存じの通り、深川はあちこちにある岡場所がそれぞれの良さを競って、遊びを供するところ。遊びに来ていただくお客さまなしには成り立たぬ土地でございます」

「それが、どうした、というのだ」

「あなたさまが襟首をつかんでおられる、お客さまの身代金、この河水の藤右衛門が代わってお支払いいたします」

愕然として主人風がいった。

「河水楼さん、おまえさんてひとは」

「戸田さん、どうしたものかね」

旗本が問いかけた。

「よかろう。誰から払ってもらっても金の価値は変わらぬ。商人は金と引き替えに河水の藤右衛門とやらに渡してやれ」

その応えに旗本が藤右衛門に向き直り、

「聞いてのとおりだ。まずは百両、耳を揃《そろ》えて持ってこい。話はそれからだ」

「承知仕りました」

背後を振り返って藤右衛門が橋のたもとを見上げた。

「富造《とみぞう》」

呼びかけに人混みのなかから藤右衛門配下の男衆のひとり、富造が姿を現し、土手を駆け下りてきた。

「どういたしやしょう」

「近くの見世《みせ》へ行って百両、持ってきておくれ。それと大滝さまの着替えもな。わしの小袖のなかから、いいものを見繕《つくろ》ってくるのだ。夏の初めとはいえ濡れたままでは躰に障《さわ》る。深川を守ってくださる鞘番所の御支配さまに風邪でもひかれたら困るからな」

「わかりやした。用立てるは近場の見世ということで」

「少しでも早いほうがいい。急いでおくれ」

「わかりやした」

富造が土手を駆け上っていった。

「暫時、お待ちくださいまし」

旗本へ向かって藤右衛門が深々と頭を下げた。

客を乗せた猪牙舟が仙台堀に入ってくる度に藤右衛門が船頭に代わって入船代を払った。

その様子を錬蔵は凝然と見つめていた。動かぬ錬蔵に歯痒いものを感じているのか、ちらりちらり、と政吉が視線をくれる。その気配を感じながら、錬蔵は、

（いまは、戸田堯之進ら深川水軍を名乗る者たちが為す悪行を見届け、その証《あかし》を集めつづけるしかない）

と考えていた。

できうる限り早く証を取り揃え、筆頭与力を通じて町奉行所から目付に裁決願い書を届け出る。日付は裏付けをとるべく配下の小人目付、徒《かち》目付を動かし堯之進らの行状を調べ上げるはずであった。

脳裏《のうり》に藤右衛門がいった、

「気の長い話ですな」

とのことばが甦った。

（しかし、おれが取り得る手立ては、これしかないのだ）

胸中で錬蔵は呟いた。

小半刻（三十分）もしないうちに富造が駆け戻ってきた。

懐から袱紗に包んだ百両を藤右衛門に手渡した富造が、風呂敷包みを手に錬蔵に歩み寄った。

「褌《ふんどし》は新しいものを持ってきやした。あとは主人《あるじ》の古物ですが、すべて揃えてありやす。ほんの間に合わせのもの、申し訳ありませぬがお使いください。返すには及びませぬ、と主人がいっておりました」

「すまぬ」

受け取った錬蔵が濡れた衣服を脱ぎ、富造が持ってきた小袖に着替えた。

「政吉、大小二刀を預かってくれてすまぬ。重かったであろう。お陰で脇差を濡らさずにすんだ」

二刀を受け取り、腰に差しながら錬蔵がいった。

「旦那、これから、どうなさるんですかい。あっしでよけりゃ手伝わせておくんなせえ。命を預けやすぜ」

「そのときは、頼む」

「約束ですぜ」

無言で錬蔵が政吉に微笑みかけた。

そのとき……。

「政吉、まだ正気づいていないようだ。船頭をおぶってくれ。河水楼へもどる」

との藤右衛門の声がかかった。

「わかりやした」

横たわったままの船頭の傍らに政吉が片膝をついた。腰に手を回し、肩に担ぎ上げた。

それを見届けて藤右衛門が懐から銭入れを取りだした。

「富造、ここにいて船頭に代わって入船代を払ってやるんだ。入船代は一分。銭入れの中身からみて足りなくなるだろう。後で男衆の誰ぞに銭を届けさせる」

「万事抜かりなく」

銭入れを受け取った富造が小さく頭を下げた。

「大滝さま、この場の手配はすみました。お客さまともども引き上げましょうかな」

大店の主人風と藤右衛門は肩を並べて歩きだした。

「旦那、行きやしょう」

船頭を肩に担いだ政吉が錬蔵に声をかけた。うなずいた錬蔵が歩きだした。政吉がつづいた。

背後で堯之進ら旗本たちの勝ち誇った高笑いが上がった。

振り向くことなく錬蔵は歩みをすすめた。が、濡れた衣服を包んだ風呂敷包みを下げている錬蔵の手が強く握りしめられたのを、政吉はしかと見届けていた。政吉も、いつしか奥歯を噛みしめていた。

旗本たちの哄笑は、まだ、つづいている。

二

河水楼の帳場の奥の座敷で錬蔵と藤右衛門は向かい合っていた。政吉は気を失ったままの船頭を介抱している。

富造へ預ける金を男衆に手渡した藤右衛門は、別の男衆に、

「正気づくのに時間《とき》がかかりすぎている。手加減なしに棹で突かれたのだ。船頭の腹ん中の臓が傷ついている恐れもある。命にかかわるかもしれぬ。急ぎ医者を呼んでくるのだ」

と命じていた。

座敷に坐るなり錬蔵が、

「戸田堯之進らの悪事の証を揃え、目付に届け出る。それしか、おれには手立てがな

い」

　といい、藤右衛門が、

「そうでしょうな」

と応じたきり、ふたりは一言も口をきいていない。

黙り込んで、そろそろ小半刻になろうとしている。

が、その沈黙は、決して気まずいものではなかった。

ふたりそれぞれに、何かを思索している。そうみえる様相であった。

先に口を開いたのは錬蔵だった。

「どうにも気にかかることがあるのだ」

「何が、気になるので」

　問うた藤右衛門に、

「土地《ところ》のやくざ一家の動きだ。戸田堯之進らは深川水軍と名乗ってはいるが実態は無頼の組織、やくざの一家と変わらぬ。川筋を縄張りにしているとはいっても、やがて縄張りを町々に広げ出すに決まっている」

「やくざの一家たちと事を構え、あちこちで喧嘩が起き、流血沙汰となる恐れがある、と仰有《おつしや》るのですな」

「そのとき、おれが取り締まることができるのは、やくざたちだけということにな
る。支配違いのため、旗本たちには表立っては手を出せぬ。喧嘩両成敗は御上《おかみ》が定め
られた武家の心得のひとつ、ともいうべきもの。そのことは町民たちの暮らしのなか
でも暗黙の掟として固く守られている。が、此度は、片方しか捌《さば》けぬ」
うむ、と藤右衛門が首を傾げた。
「それでは、やくざたちがおさまりますまい。必ずや流れ者の無頼、無宿者をかき集
め、深川水軍と縄張りを争って、出入りが始まりましょう」
「そうであろうな」
「そうなると、この深川は荒れ放題。女の色香も躰も売ることができぬ開店休業の岡
場所となりましょう。いや、あちこちで起きる刃物三昧《ざんまい》に『深川は危ないところ』と
の噂が立ち、客足も鈍るはず。一度遠のいた客の足は、二度とはもどらぬと考えるべ
き。そうなると深川は遊里としての価値を失います。茶屋や局《つぼね》見世の商いは難しくな
り、深川は、層一層の無法がはびこる土地《ところ》となりましょう」
無言でうなずいた錬蔵は眼を閉じ、腕を組んだ。
しばしの間があった。
眼を見開いた錬蔵は藤右衛門をまっすぐに見つめた。

「すまぬが、しばらく辛抱してくれ。打てるだけの手は打つ。目付たちの動きがあまりにも鈍く、時が無為に過ぎ去る事態に立ち至ったときは、さらなる手立てを尽くさねばならぬ」

「さらなる手立てとは」

「深川大番屋支配として果たすべき務めは、深川に暮らす人々を守り、日々、安穏な暮らしができるよう計《はか》らうことにある。が、その務めを果たすのに、必ずしも深川大番屋支配の職は必要不可欠のものではない、とおもうのだ」

「それはどういう」

意味なのか、と問いかけることばを藤右衛門は途中で呑み込んだ。

ふう、と息を吐いて、つづけた。

「まさか、職を辞《じ》されるお覚悟では」

ふっ、と錬蔵が微笑んだ。

「おれは、この深川を、おのれの死に場所と定めて乗り込んできた。何があっても、深川の安穏を守ってみせる、と腹を決めてきたのだ。そして、何よりも」

「そして、何よりも」

鸚鵡《おうむ》返しした藤右衛門に錬蔵が告げた。

「おれは、この深川が好きなのだ。おれの周りにいる深川に住まう人たちが大好きなんだよ」

爽《さわ》やかな笑顔を浮かべた錬蔵を藤右衛門が鋭く見据えた。

「職を辞する、十手を返上するなど、河水の藤右衛門、承服いたしかねます。いや、そのようなこと許すわけにはいきませせぬ」

生真面目《きまじめ》な顔つきとなって錬蔵が応じた。

「身を捨ててこそ浮かぶ瀬もあれ、という諺《ことわざ》もある。与力の職を辞すれば、おれはただの浪人。剣の腕では戸田堯之進には引けはとらぬ。別邸に斬り込んで、斬って斬って斬りまくる所存」

「だからこそ、承服できぬ、許すわけにはいかぬ、と申すのでございます。深川大番屋支配として何人もの与力の方たちが、この深川に参られました。それらの御支配たちの誰ひとりとして深川の土地に住まう町民たちと馴染《なじ》もう、触れ合おうとは為されませんでした。いま、深川に住む町民たちは、いや、少なくとも、わたしの周りにいる町人たちは、皆、大滝さまを慕っております。大滝さま、よくお聞きなさりませ」

一膝乗りだして藤右衛門が、つづけた。かつて見たことのない藤右衛門の様相だった。

「大滝さまが深川大番屋支配の職にあるからこそ出来ることがございます。戸田家の別邸、いや深川水軍の根城というべきかもしれませぬが、そのような無法の巣窟に斬り死に覚悟で乗り込んでいくなど他の者にもできること。そのようなこと、わたしが、金にあかして剣術上手の町道場主でも雇えば済む話でございます」

無言で錬蔵は藤右衛門の話に聞き入っている。藤右衛門が、さらにつづけた。

「大滝さまの為すべきことは騒ぎの後始末をどうつけるか、ということでございます。深川に残るであろう傷跡を、どれほど小さく止められるか。その差配が出来るのは深川大番屋支配の地位にあるからこそ、お出来になるのではありませぬか。それこそが、大滝さまのお務めではありませぬか」

「しかし、このままではやくざたちが黙ってはおるまい。近々、騒ぎが起きるは必定」

断じた錬蔵を見据えて藤右衛門が告げた。

「どうにもならぬと判断したときには深川水軍の根城に、わたしめが斬り込みます。用心棒を雇い入れ、深川水軍を根絶やしにする覚悟でおります」

「藤右衛門、それは」

「以前、お話ししたはず。我が身に災いが及んだときは、我が身、我が商いを守るためには鬼にも蛇にもなる、と。岡場所で商いを為す、この河水の藤右衛門は御法度の埒外《らちがい》にある身。旗本という身分を取り払えば出来損ないの二男坊が率いる深川水軍の輩《やから》も、為していることは御法度からはずれたことばかり。御法度の埒外にいる身であることは河水の藤右衛門も深川水軍の輩も五分と五分でございます」

「しかし、それでは藤右衛門がいままで築き上げてきたものが」

いいかけた錬蔵を遮って藤右衛門が告げた。

「この場ではっきりさせておきます。万が一にも大滝さまが職を辞されるなどとの噂が耳に入ってきましたら、河水の藤右衛門、集められるだけの人を集め、一気に深川水軍の根城に斬り込む所存でございます」

「しかし、土地のやくざたちの怒りは抑《おさ》えられぬぞ」

「心あるやくざの親分衆にはわたしめが廻状をしたため、為らぬ堪忍するが堪忍、いまがそのとき、と自制するよう伝えまする。それでも動きたい奴らは、勝手にやらせておきなされ。深川水軍にも怪我人が出るはず。深川は多少、荒れましょうが、そのことでおもわぬ解決の手立てがみつかるかもしれませぬ」

「藤右衛門。今度ばかりは力及ばぬ、おのれが口惜しい」

怒りに、おもわず震えだした膝に置いた手を錬蔵は、さりげなく両手を重ね合わせて、止めた。一瞬のことだった。

が、藤右衛門はその動きを見落としてはいなかった。

気づいてはいたものの素知らぬ風を装って、藤右衛門はじっと錬蔵を見つめている。

三

翌朝、捕物の出役《しゅつやく》など、よほどのことがないかぎりつづけている日々の剣術の錬磨を終えた錬蔵は、安次郎が支度してくれた朝餉の席についた。

「肉厚の胡瓜《きゅうり》が手に入った、とお俊が差し入れをしてくれやしたんで、塩揉みして浅漬け風に仕上げてみました。浅漬けより味は薄いが、厚めに切ってありやす。香の物がわりに食べてくだせえ」

箱膳を錬蔵の前に置きながら安次郎がいった。安次郎が自分の箱膳の前に坐ったのを見届けて、錬蔵は箸をとった。

「胡瓜は好物だ。朝から美味《うま》いものが食える。何か、いいことがあるかもしれぬな」

「そうですとも。腹一杯食って、お務めに励みましょうや」

板敷の間の上がり端から、微笑んで安次郎が応じた。

仙台堀で錬蔵が、

〈不浄役人〉

〈鼠侍〉

と堯之進に嘲《あざけ》られ、辱められたことを安次郎は知っているはずであった。が、そのことを安次郎は一言も口にしようとしなかった。つとめて明るく振る舞う安次郎に、錬蔵もいつもと変わらぬ有り様で接した。

目刺しに蜆《しじみ》の味噌汁、香の物がわりの胡瓜の浅漬け風という朝餉をすませた錬蔵は、台所で後片付けをしている安次郎にいった。

「今日は、おれと一緒に動いてくれ。南割下水へ出向き、戸田堯之進らの行跡について聞き込むのだ」

くるり、と振り返って安次郎が応じた。

「そう来なくちゃ旦那らしくねえ。達磨《だるま》さんよろしく手足を縮《ちぢ》めて坐りっぱなしの旦那じゃねえ、とおもっておりやした」

「片付けが終わったら前原を呼んできてくれ。向後の探索の段取りを詰めておきたい」

「いますぐ呼んできまさあ。なあに、後片付けは残りわずかで。前原さんを呼んできてからやっても、すぐに終わります」

無言で錬蔵が顎を引いた。

前掛けを外しながら安次郎が表戸へ向かった。


やってきたのは前原ひとりではなかった。お俊も一緒だった。

「御用の話だから遠慮してくれ、と何度もお俊にいったんですが、どうにもいうことをきかねえ。ついてくるな、といっても、ついてきて、この始末で」

板敷の間の上がり端に座した錬蔵に向かって、安次郎が申し訳なさそうに小さく頭を下げた。

横からお俊がいった。

「聞きましたよ旦那、一騒ぎあったんですって。御役に立ちたいんですよ。仲間はずれにしないでくださいよ」

「これだ。深川の女は鼻っ柱が強くていけねえ。お俊、誰もおまえを仲間はずれになんかしてねえよ。その時機がきたら、大滝の旦那は、きっと声をかけてくださるさ。ねえ、旦那」

目を向けた安次郎に錬蔵が微笑みで応じた。視線をお俊に移して、いった。

「安次郎のいうとおりだ。お俊、おまえには働いてもらうつもりでいる。おまえでなければ出来ないことが必ず出てくる。その折は、厭《いや》でも働いてもらう」

「ほんとですね、旦那。きっとですよ」

「約束する。今日のところは引き上げてくれ。前原が子供たちのことを気にすることなく働けるようにするのが、いまのお俊の役目だ」

「わかりました。それじゃ引き上げますよ」

前原の長屋へ引き上げようと踏み出した足を止めたお俊が、振り向いて、

「旦那、必ず出番をつくってくださいよ。約束ですよ」

「約束だ。存分に働いてもらう」

「きっとですよ」

念を押して、お俊は背中を向けた。お俊が表戸を開けて出ていったのを見届けて前原が苦笑いして、いった。

「いやはや、御支配が〈不浄役人〉〈鼠侍〉と罵倒されたと話した途端、自分のことのように怒りだしましてな。昨夜は、なだめるのに苦労しました。なぜ助けてやらなかった、と責められましてな。その場におらぬのにどうして助けられるのだ、という

と、それはそうだけど、ほんとに悔しいねえ、としばらく下唇を噛んで黙り込んでおりましたが、やがて、仕方ないねえ、とつぶやいて自分の寝間に引き上げていきました。竹を割ったような気性で子供たちもなついている。ただ困るのは」

「気が強くて、いったん臍《へそ》を曲げたら後に引かない強情なところがある。そういうことでしょう」

　口を挟んだ安次郎に前原が顔を向けた。

「よくわかるな」

「前原さん、それは仕方がねえことで」

「仕方がない、とは」

「気の強さと脆《もろ》さが裏表でひとつ躰のなかに住んでいる。そのくせ、鼻っ柱は強くて一度歩きだしたら後へは引かない。それが深川の女でさ。旦那の前では惚《ほ》れた弱みでしおらしく振る舞っちゃいるが、お紋《もん》もお俊と似たようなもんで」

「そうか。お俊は深川女の典型か」

　ふたりのやりとりを見やっていた錬蔵がいった。

「前原、立ち話もなんだ。とりあえず板敷の間へ上がれ」

「そうでしたな。威勢の良すぎるお俊の毒気にもろに当てられました。どうも、女は苦手だ」

ぼやきながら板敷の間の上がり框《がまち》に足をかけた。

向かい合って座した前原が錬蔵にいった。

「訴えのあった枡川と孤雁以外の深川にある船宿を虱《しらみ》潰しに九軒あたりました。すべての船宿で二艘ずつ、合わせて十八艘の猪牙舟が鈴木甚内と名乗る男を含めた四人連れの旗本たちに奪われております」

「仙台堀で入船代がわりに召し上げた猪牙舟が一艘、枡川と孤雁から奪われた猪牙舟が四艘、合わせて二十三艘か」

仙台堀の上ノ橋で堯之進と旗本ひとりが深川水軍を名乗って深川への入船代を取っていた。

（猪牙舟を奪ったのは戸田堯之進ら深川水軍に違いない）

揺れ動きながらも錬蔵が辿りついた推断がそれであった。

（仙台堀で奪った猪牙舟を除いて二十二艘。二十二艘もの猪牙舟を手に入れていたとなれば、戸田堯之進らは必ず深川へ入る他の河口でも入船代を取り立てているはず）

そう判じた錬蔵は前原に顔を向けた。

「戸田堯之進と深川水軍は、深川への入り口となる河口のすべてで入船代を取り立てているはず。まずは、そのあたりを調べ上げてくれ」

「調べ終えたら、その後は、どう動きましょうか。入船代を払った者たちに聞き込みをかけ、受けた被害の有り様を調べ上げるか、あるいは深川水軍の奴らを張り込むべきか」

　問うた前原に錬蔵が告げた。

「深川水軍が根城とする、茂森町の戸田家別邸を張り込んでくれ。仲間と離れて、ひとりで動くときは戸田堯之進をつけろ」

「戸田堯之進を中心に見張ればよいのですな」

「そうだ。あ奴は達人といってもいいほどの剣の使い手。尾行を見破られたら深追いするな。すぐに引き上げろ。刃を交えれば命を落とすことになりかねぬ。命あっての物種、と心得て探索にかかれ」

「委細承知」

　細い眼を鋭く光らせて前原が顎を引いた。

　前原と錬蔵が向後の探索について話し合ってから一刻（二時間）ほど後のこと

……。

深川大番屋の同心詰所では松倉孫兵衛、溝口半四郎、八木周助、小幡欣作ら同心たちが円座を組んで顔を突き合わせていた。

「聞いたか、昨夜のことを」

声をひそめて八木が一同を見回した。

「深川水軍の入船代強要のことか」

興味津々《しんしん》の体《てい》で溝口が問いかけた。

「そうだ。御支配も相手が旗本では手出しが出来なかったとみえて、罵声を浴びせられ、すごすごと引き上げてこられたそうな」

皮肉な笑みを口辺に浮かべて八木がいった。

にやり、として溝口が応じた。

「当分の間、楽が出来るな。何せ相手が旗本だ。支配違いで我ら町奉行所の同心は手が出せぬ。どんな悪事を働こうが見猿聞か猿言わ猿の三猿を決め込んで、見て見ぬふりをするしかない。見廻りに出ても深川水軍と出くわしたら、知らぬ振りして通りすぎねばならぬな」

「その通りだ。御支配は野次馬たちの前で〈不浄役人〉と何度も蔑まれ、虚仮《こけ》にされたそうだ。そのような辱めを受けたくはないからな」

どこか楽しげな八木の口調だった。

「しかし、それでは同心の役目が果たせませぬ。御法度の埒外にある者を取り締まるが我ら同心の務めだとおもいますが」

小幡が口を挟んだ。

横を向いて八木が応じた。

「小幡、偉そうな口をきくじゃないか。支配違いの旗本たちをどうやって取り締まろうというのだ。後学のために聞かせてほしいものだ」

底意地の悪さを剝《む》きだした八木の物言いだった。

「それは」

ことばに詰まった小幡を庇《かば》うように松倉孫兵衛がいった。

「もういいではないか。いずれにしても御支配からしかるべき下知があるはず。我らは、それまでできるだけ波風を立てぬよう、お務めに励むしかなかろうよ」

無言で小幡がうなずいた。

「ま、流れにまかせるしかあるまい。同心は足軽同然の身分、正義の上を気取っても仕方ないからな」

やる気の失《う》せた八木の物言いだった。

苦い笑いで応じて松倉と溝口が顔を見合わせた。小幡は、視線を膝に落とし黙り込んでいる。

四

深川鞘番所を後にした錬蔵と安次郎は、御舟蔵を左に見て竪《たて》川へ向かった。

道すがら安次郎が錬蔵に話しかけた。

「昨夜深更、長屋へお戻りになったときは、お疲れの様子だったので復申しませんでしたが、鶩《あひる》、新地、網打場の遊里でひとりずつ三人の遊女が行方知れずになっています。鶩の茶屋〈新月楼《しんげつろう》〉お抱えの遊女お里《さと》、新地の局見世の遊女お市《いち》、網打場の局見世の遊女お春《はる》の三人で」

「名までは知らなかったが、三人の遊女が行方知れずになっていることは藤右衛門から聞いた」

応えた錬蔵に安次郎が告げた。

「拐《かどわ》かされた、としか考えられません。拐かした悪党は戸田堯之進じゃねえかと睨《にら》んでおりやすが」

「おそらくそうであろう。が、何のために」

「どこぞの岡場所に売り飛ばす。多分、そんなところじゃねえかと」

「閉じこめてあるところは茂森町の戸田家別邸か」

「まず間違いありやせん。おそらく旗本たちの慰み者にされているはず」

「安次郎の推測、まず外れてはいまい。が、旗本、戸田家所有の別邸ということになると踏み込んで調べるわけにもいかぬ。女たちを助けだすためには、かなりの知恵を搾《しぼ》らねばなるまいよ」

「まっとうな手段では埒があかない。そういうことですかい」

黙って錬蔵はうなずいた。

ふたりがその後、口をきくことはなかった。黙々と歩きつづけた。

竪川に架かる一《ひと》ツ目《め》橋を渡って右へ折れたふたりは竪川沿いに歩みをすすめ、二ツ目橋を通りすぎて四つ目の丁《てい》字路を左へ曲がった。真っ直ぐにすすむと南割下水に突き当たる。

南割下水の手前に、屋敷の塀を鉤方《かぎがた》に削る形で辻番所が設けられていた。辻番所に敷地の一角を奪われた屋敷を眺めて錬蔵がいった。

「ここが戸田太郎左の屋敷だ。誂《あつら》え向きに辻番所がある。昨日は密かに聞き込みをかけるために来たので寄らなかったが、今日は堂々と話を聞くことができる」

不敵な笑みを浮かべた錬蔵が安次郎を、ちらり、と見やってつづけた。

「何しろ昨夜は、戸田堯之進に棹で眼を潰されかけたのだからな。後で支配違いの調べを咎《とが》められても、腹立ち紛れに戸田家がらみの話を聞きにいった、と言い通せるに十分な理由《わけ》がある」

「腹立ち紛れ、というところがわかりやすくていいや。それなら誰でも納得しやすぜ。それと、眼を潰されかけた、というより殺されかけた、といったほうが、おおいに腹立ちの具合が強まりますぜ」

いつもの揶揄《やゆ》する口調ではなく半《なか》ば本気で、安次郎が応じた。

辻番所の表戸を開けて足を踏み入れた錬蔵が番太郎に声をかけた。

「深川大番屋支配、大滝錬蔵だ」

板敷の間で茶を飲んでいた白髪《しらが》頭の番太郎が、着流し巻羽織という同心と見紛う錬蔵の姿に驚いて、立ち上がった。

深川にかぎらず大番屋支配の役職に就くのは与力の地位にある者と定められていた。ふつう与力は小袖に袴をはき、その上に羽織を着て見廻っている。着流し巻羽織の出で立ちで見廻ることは少なかった。

同心と周りからおもわれたほうが与力にみられるより、町人と気安く口がきけると考え、錬蔵は着流し巻羽織の姿で歩きまわっているのだった。

番太郎は、ちらりと安次郎に警戒の視線を走らせた。着流し姿の安次郎は下っ引きというより遊び人にみえた。安次郎が懐から十手を取りだしてみせると、番太郎は愛想笑いを浮かべて小さく頭を下げた。

「茶をいれます。ちょっと待ってくださいな」

そういいながら番太郎は土間に降り立った。

板敷の間の上がり端に錬蔵は腰を下ろした。

柱の近く、錬蔵の向かい側、表戸の出入りを見張ることができるあたりに安次郎が腰掛けた。

湯呑み茶碗を錬蔵と安次郎の前に置き、番太郎が上がり端の隅に坐った。

「御用の筋で」

問いかけた番太郎に錬蔵が、

「実は、おれが、そこの戸田様の二男坊殿に殺されかけてな」

〈殺されかけた〉

との錬蔵の一言に、安次郎が番太郎に気づかれぬように、にやり、とした。

「それは、また、尋常ではありませぬな」

驚きを露《あら》わにして番太郎がいった。

「その二男坊、深川で傍若無人《ぼうじやくぶじん》の振る舞いの連続でな。支配違いではあるが、せめて出来うるかぎりのことはせねばなるまい、とおもい、いままでの二男坊の行跡を調べるため出向いてきたのだ」

「困りましたな。どこまでお話ししてよいのか、わたしが喋ったとわかると、どんな目にあわされるか、それだけが気がかりで」

目をしばたたかせて番太郎が口ごもった。

やおら立ち上がった安次郎が、番太郎にこれみよがしに十手を突きつけて強面《こわもて》でいった。

「爺《じい》さん、戸田家の御二男さまは深川に入ってくる猪牙舟や小舟を止めて『深川水軍だ。深川への入船代一分を払え。払わない舟は深川に入れぬ』と横車を押しまくっているんだぜ。おかげで深川は大騒動だ。みんな、困ってるんだよ」

番太郎が小さな目をこれ以上開けられないほど大きく見開いて、いった。

「深川への入船代、ですと。御上でもないのに、それは、ひどい」

「だろう。だからよ、爺さんが喋ったなんて口が裂《さ》けてもいわねえから、洗いざらい話しておくれよ。頼むよ」

それまでの態度とは一変して、女次郎は番太郎に向かって拝むように手を合わせた。

「そうですかい。それはお困りでしょう」

そういって番太郎は黙り込んだ。話していいものかどうか、いまだ逡巡しているのはあきらかだった。

ややあって、ふう、と溜息をついた。目線を土間に落として話し始めた。

「戸田堯之進さまは南割下水一帯では鼻つまみのあぶれ者でして。仲間の一男坊、三男坊の部屋住みの身分に不満のある方々と連れだっては、あちこちの遊里へ出向いて刃物三昧など日常茶飯《にちじょうさはん》の暮らしぶりと聞いております。戸田家の御当主も意見をすると逆に刀を突きつけられ脅し上げられ、いまでは何をやっても見て見ぬふりの有り様だそうで」

「いままで二男坊たちは、いずこの遊里へ出かけていたのだ」

問いかけた錬蔵に番太郎が応えた。

「浅草《あさくさ》から上野《うえの》、下谷《したや》にかけて出かけていたようで。寛永寺《かんえいじ》のある界隈《かいわい》は避け、湯島《ゆしま》あたりで無法を尽くしていた、との噂を聞いておりますが」

「浅草から下谷、湯島か」

誰に聞かせるともなく呟いた錬蔵が湯呑みに手をのばした。

一気に茶を飲み干す。

「うまい茶だ。お陰で喉が潤った」

湯呑みを置いて錬蔵が立ち上がった。

「手間をとらせたな。おれが、ここへ立ち寄ったことは誰にもいうな。おれも、口にださぬ。何が起こっても知らぬふりでいるのだぞ」

「お気遣い、ありがとうございます。そうさせていただきます」

立ち上がった番太郎が腰を屈めた。

「安次郎、行くぜ」

声をかけるなり歩きだした。

「爺さん、邪魔したな」

顔を向けていい、安次郎が錬蔵につづいた。


一刻後、錬蔵と安次郎は下谷にいた。

下谷広小路《ひろこうじ》から上野新黒門町《しんくろもんちょう》と上野北大門町《きただいもんちょう》の境ともなっている湯島天神裏門坂通りを湯島天神へ向かっている。

湯島天神裏門坂通りは男坂《おとこ》と呼ばれる急な坂道へ通じている。湯島天神への参道は男坂のほかに所々に足休めがある、ゆるやかな傾斜の女坂《おんな》があった。

湯島天神は、江戸城を築いた太田道灌《おおたどうかん》が、文明《ぶんめい》十年（一四七八）の夏に信仰していた北野《きたの》の天神を城中に勧請《かんじん》したことを始まりとする神社である。男坂は太田道灌の時代は天神の表門へ通じる道であったが、いまでは裏門へ通じる坂と変わっている。

湯島天神の裏に湯島切通しと呼ばれる通りがあり、坂上に湯島切通片町《きりどおしかたまち》がある。この町に新大根畑《しんだいこんばた》、新畠《しんばた》という岡場所があった。

新大根畑と新畠を堯之進らの聞き込みをするところと決めた錬蔵と安次郎は、局見世などに片っ端からあたっていった。

新大根畑の局見世で堯之進らは揉《も》め事を起こしていた。土地《ところ》のやくざ、天神一家が仕切っている局見世を乗っ取ろうとしたというのだ。

聞き込みをかけた局見世の男衆は、

「戸田の野郎や仲間の旗本たちが、もう一度やって来たら命がけで戦いますぜ。この局見世は天神一家の金のなる木だ。めったなことで手放すものじゃありやせん」

と凄みを利かせた笑みを浮かべた。

「話の具合じゃ天神一家が旗本たちを追い出したかのように聞こえるんだが、刃物沙汰の大騒動でもあったのかい」

問うた安次郎に、

「旗本をふたりほどぶった斬ってやったんでさ。ふたりとも命はとりとめたが、かなりの深手を負って戸板で運ばれていったくらいで。それ以来、戸田も旗本たちも姿を現しませんや」

得意げに鼻を蠢《うごめ》かした男は、局見世の男衆の格好はしているが、天神一家の子分のひとりとおもえた。

「旗本を傷つけて、よく町奉行所のお咎めを受けなかったな。何か特別なことでもあったのかい」

黙って安次郎と男衆のやりとりを聞いていた錬蔵が口を挟んだ。

「こっちにも死人が出たんでさ」

着流し巻羽織の、いかにも同心といった姿の錬蔵に向き直り、浅く腰を屈めて男衆が応えた。

「無礼討ちと言い抜けることが出来ないような有り様だった。そういうことだな」

「そうでさ。旗本の奴ら、局見世に殴り込んできて遊女ごと乗っ取ろうとしたんで。『この局見世はいまからおれたち旗本の持ち物だ。取り返したければ腕でとれ』といいやがったんで、怒った親分が下谷界隈の剣術の道場の先生方に銭を積んで用心棒になってもらい、他にも助っ人を集められるだけ集めて一気に斬り込んだ、とおもってくだせえ」

「何人集まったのだ」

問うた錬蔵に男衆が胸を張った。

「百人ほどでさ」

「百人。大変な数ではないか。よく集まったな」

「積み重ねた悪行の報いというやつでさ。旗本の奴ら、浅草、下谷、上野界隈でつづけざまに四度、賭場《とば》荒らしをやらかしてましてね。賭場を仕切っていたやくざ一家の恨みを買ってましたんで」

「そのやくざたちが助っ人に馳《は》せ参じたというわけか」

百人相手では堯之進がいかに剣術の上手といっても太刀《たち》打ちできまい、と錬蔵はおもった。

「旗本たちは二十人足らず。商売道具の遊女たちに傷をつけちゃならねえ、と奴らなりに考えたんでしょう。女たちを一部屋へ押し込めて天神一家を迎え撃ったまではよかったが、あまりの数に驚いたのか斬り合ってすぐに逃げ腰になり、ふたりが斬られ、深手を負うや戸板二枚を外し、数人の見張りしかいなかった裏口から、ほうほうの体《てい》で逃げ出した次第で」

そういって男衆は薄ら笑いを浮かべた。

（なるほど。殴り込まれて逃げ出した、というのでは武士の沽券《こけん》にかかわる。表沙汰にはできまい）

話を聞き終わった錬蔵は、そう判じた。

「旗本たちを追い散らしたのはいつのことだい」

さらに問うた錬蔵に、

「二ヶ月ほど前のことでさ。それ以来、奴らは一度も姿を現しませんや。意気地のねえ奴らで」

馬鹿にしたような笑いを浮かべて男衆が応じた。

（二ヶ月前か）

下手《へた》にやくざの縄張りを荒らすと、とんでもないしっぺ返しをくうことになる、と学んだ堯之進たちは堀川の多い深川に目をつけた。悪知恵を搾《しぼ》りに搾って考えついた

のが、

〈堀川を縄張りにする、といえば土地のやくざ一家は文句はいうまい〉

ということだったのだろう。堯之進たちが住み暮らしてきた本所の南割下水一帯と深川は隣町といってもいいほど間近なところに位置している。堯之進たちは元服の年頃から、何度も深川に足を踏み入れ、

〈それこそ我が屋敷の庭のように〉

深川のことを知り抜いているはずなのだ。

そこに思い至った錬蔵は、

「おもしろい話を聞かせてもらった。ありがとうよ」

と男衆に声をかけ、

「行くぜ」

と安次郎に呼びかけ歩きだした。うなずいた安次郎がつづいた。

新大根畑から新畠へと足をのばした錬蔵と安次郎は聞き込みをつづけた。

堯之進たちは、ここでも細かい悪事を重ねていた。

茶屋から出てきた銭のありそうな御店《おたな》の主人風を脅かしては、多額の金をゆすり取

っていた。

「茶屋から頼まれた土地のやくざたちの警戒が厳しくなるにつれ旗本たちが姿を現さなくなりました」

と聞き込みをかけた茶屋の主人が話してくれた。

湯島から下谷、浅草と聞き込みにまわるつもりでいた錬蔵と安次郎だったが、新畠の聞き込みを終えたときには、すでに陽は西に傾いていた。

深川鞘番所へ戻る頃には、すでに、夜の帳《とばり》が降りていることだろう。

「引き上げるか」

声をかけた錬蔵に安次郎が応じた。

「かくれ里の商いは、これから忙しくなりやす。聞き込みをかけても相手にされないどころか邪険に扱われるのがおちで」

ゆったりとした足取りで深川へ向かう錬蔵は、

（藤右衛門の廻状に目を通しても戸田堯之進ら深川水軍の横暴に怒りを抑えかね、喧嘩を仕掛けるやくざ一家もでてくるに違いない）

そのやくざどもを堯之進が、どう捌《さば》くか。錬蔵は、

（その捌き方次第で、おれが取る次なる手立てが変わってくる）

と考えていた。

新大根畑の局見世の男衆の話は、

（事態を手っ取り早く収拾するには、よい手立て）

とおもわれた。

頭のなかで錬蔵は、

（深川で、この手立てを用いたとしたら、何人のやくざが命を落とすだろうか）

と算盤《そろばん》を弾《はじ》いた。

（力をあわせて一気に斬り込むのなら戸田尭之進や旗本たちを倒せるかもしれない。が、ばらばらに仕掛けたら、どうなる）

深川に巣喰う、やくざのほとんどが命を落とすことになりかねない、との結論に立ち至った錬蔵は、

（新大根畑で天神一家が用いた策は深川では使えない）

と諦め、脳裏から捨て去っていた。

一言も発することなく錬蔵と安次郎は黙々と鞘番所への道をたどった。

五

鞘番所に錬蔵と安次郎が戻ったときにはすでに陽は落ちていた。用部屋へ入った錬蔵は文机《ふづくえ》の上に置いてある松倉ら同心たちの復申書を手にとった。

朝早く出かけたために昨日の復申書に目を通していなかった。同心たちは示し合わせたように、

〈深川水軍と名乗る旗本を中心とした一群が大川や江戸湾から深川へ入ってくる舟を止め入船代を取り立てている由。相手は旗本、支配違いもあって見て見ぬふりをするしかない。御支配に、取り締まるための策があれば御指図願いたい〉

と記してあった。

予期していた通りの復申であった。

〈此度は同心たちのやる気が出るまで打ち捨てておくしかあるまい〉

と錬蔵は腹を括《くく》った。

鞘番所に配されている同心四人は、北町奉行所のなかで、

〈何かと癖のある人柄。事々に逆らったり、怠けたりして使いものにならぬ〉

と公儀の認許を受けていない岡場所があちこちに点在し、無法が罷《まか》り通る深川の大番屋へ配された者たちである。いわば、

〈捕物でいつ死んでも惜しくない〉

との烙印を捺《お》され、北町奉行所から、

〈捨てられた〉

も同然の身であった。

〈人の本質は、よほどの事があっても変わらぬ。やる気が出るまで待つしかあるまい〉

そう断じた錬蔵は文机に松倉たちの復申書を置いた。

頭のなかから堯之進と深川水軍のことが離れない。

〈今も、深川を細かく区切って流れる堀川のどこかで入船代を取り立てているはず〉

そうおもうと錬蔵は居ても立ってもいられない気がした。

〈支配違いのこと。どうにもならぬ〉

とわかっていながら、

〈どうすれば戸田堯之進や深川水軍の面々を捕らえることができるのか〉

と考えているおのれを、

（無為無策の能なし者）

と決めつけるしかない自分が、ただ情けなかった。

しかし、そうおもいながらも、

（伸《の》るか反《そ》るかの策でもよい。必ず支配違いの壁を乗り越える手立てがみつかるはず）

と思案しはじめる錬蔵であった。

そんな錬蔵の思索を断ち切るように戸襖の向こうから、

「御支配、ただいま戻りました」

と呼びかける前原の声が響いた。

「入れ」

応えた錬蔵に呼応するように戸襖が開けられ、前原が入ってきた。

向かい合って坐るなり前原が復申を始めた。

「深川水軍の入船代取り立ての手配り、蟻の這い出る隙《すき》もないほど細かいものでした」

「蟻の這い出る隙もない、とは」

「大川から深川へ入る河口すべてに入船代取り立てのための猪牙舟二艘を、江戸湾から深川へ上陸できる岸辺近くの海には見張りのための三艘の猪牙舟を配して、まさしく網の目の陣形を敷いております」

「詳しく話してくれ」

うなずいた前原が懐から四つ折りした一枚の紙をとりだした。

開いて錬蔵の前に置く。

深川本所一帯を描いた切絵図であった。

切絵図の一点を指で示しながら前原が話し始めた。

「大川から大島川への河口、油堀は下《しも》ノ橋《はし》下、中《なか》ノ堀《ほり》は中ノ橋下、仙台堀は上ノ橋下、二十間川は不二見《ふじみ》橋下、自分《じぶん》橋下、崎川橋下、福永《ふくなが》橋下の四ヶ所、亥ノ堀川は扇《おうぎ》橋下、小名木川は海辺《うみべ》大工《だいく》町の銚子《ちょうし》場《ば》への入り堀に架かる二十間川に架かる橋と同名の自分橋下の十ヶ所にそれぞれ二艘、合わせて十九艘、洲崎、越中島《えっちゅうじま》の浜辺を見張れる江戸湾に三艘、総数二十二艘の猪牙舟が出張っています。それぞれの舟に旗本ひとりと船頭ひとりの総勢四十四人が乗り込んでおります」

「総勢四十四人とは、かなりの数だの。残る猪牙舟は一艘か」

「それが、どこぞで新たに調達したらしく舟の数は深川の船宿などより奪った二十三艘より増えております」

「新たに奪ったというのか」

問いかけた錬蔵に前原が応えた。

「鞘番所に戻る前に茂森町まで足をのばし戸田家の別邸をのぞいてきました。別邸の前の船着き場に屋根船が一艘、小舟が三艘、猪牙舟が二艘舫《もや》ってありました」

「屋根船が一艘、小舟が三艘。四艘も増えたというのか」

ことばを切った錬蔵が首を傾げた。

しばしの間があった。

「一艘の舟にふたり乗り込むとして八人は別邸内に残っているとみるべきであろう。入船代の取り立てに出かけているのが四十四人。数人足して、合わせて五十人余。少なくとも深川水軍の手勢は五十人はいるとおもったほうがいいな」

「それより多いことはたしかでございます。六十人、いや、もう少し多いかもしれませぬな」

「それだけの人数を食わせていくには、それなりの荒稼ぎをしなければなるまいな。入船代を取り立てられるとなったら深川へ遊びに来る豪商、分限者《ぶげんしゃ》たちは駕籠《かご》を使うだろう」

「入船代を取り立てられるとの噂が広がれば、おそらく、そうなりましょうな」

うむ、と錬蔵が首を捻った。

顔を前原に向けて、問うた。

「入船代の実入りが少なくなれば深川水軍の輩、他の金儲けの手立てを考えるであろうな。必ず何かをやり出すはず。それが何か見当がつかぬか」

「入船代取り立て以外の金儲けの手立てですか」

今度は前原が首を捻る番だった。

「深川の堀川すべてが深川水軍の縄張り、と勝手な理屈を並べておりましたが。堀川を利して出来る荒稼ぎとなると」

閃《ひらめ》いたらしく、うむ、と大きく首を振った前原が勢い込んでいった。

「舟饅頭《ふなまんじゆう》でござる。小舟に遊女をひとり乗せて堀川の一角を往来し、客をとらせる。舟饅頭を好む男は少なくありません。星空の下、揺れる小舟で睦《むつ》み合う。お座敷遊びにはない面白味があるそうで」

「舟饅頭か」

つぶやいた錬蔵の脳裏に、新大根畑で聞き込みをかけた局見世の男衆のことばが甦った。

「旗本たちは遊女ごと局見世を乗っ取ろうとしたんで」

まさか、と錬蔵はおもった。

が、次の瞬間、錬蔵は、その、

〈まさか〉

を強く打ち消していた。

局見世が舟饅頭を束《たば》ねる一組にすり替わるだけのことではないか、と気づいたのだ。

目を向けて錬蔵が告げた。

「前原。おまえの推量、当たらずといえども遠からず、かもしれぬぞ」

「と、申しますと」

「舟饅頭を束ねる一組を乗っ取れば女と舟が一挙に手に入る。女たちを集める苦労も小舟を一艘ずつ奪い取る手間も一切省《はぶ》けるのだ」

おそらく鶩《あひる》などの化粧堀《けわいぼり》から行方知れずになった遊女たちは、

〈近いうちに客をとらせるために〉

茂森町の戸田家の別邸に閉じこめられているのであろう。

「深川の堀川を稼ぎの場としている舟饅頭を束ねる組は何組ほどあるだろうか。調べたことはあるか」

「少なくとも数組はあるのではないでしょうか。そのあたりのところは安次郎のほうが詳しいかと」

腰を浮かせて前原がつづけた。

「御支配が戻っておられるということは安次郎は長屋にいるのでは。呼んでまいりましょう」

「そうしてくれ」

顎を引いた前原が大刀を手に立ち上がった。

前原の足音が遠ざかっていく。

腕を組んだ錬蔵は、

〈向後の探索をどう為すべきか〉

考え始めた。

次第に思案の淵に沈み込んでいく。錬蔵の脳裏で、

〈さまざまな手立て〉

が走馬燈《そうまとう》のように浮かんでは消え、消えては浮かんで走り去っていった。そのどれもが錬蔵には愚策としか感じられなかった。

〈解けぬ禅問答〉

と知りながらも錬蔵は思考を止めることはできなかった。
風もないのに行灯《あんどん》の炎が大きく揺れた。
それにつれて畳に落ちた錬蔵の影法師も、ぐらり、と揺れて、崩れた。
影法師の動きは錬蔵のこころの動き、ともおもえた。
身じろぎもせず思案を重ねる錬蔵の姿は、手足をもがれた達磨に似ていた。

三章　横行闊歩《おうこうかっぽ》

一

用部屋へ前原とともに安次郎がやってきたときにも、錬蔵は腕組みをして思案にふけっていた。

「前原です。安次郎を呼んでまいりました」

廊下からかけられた声に顔を上げた錬蔵は、

「その場で待て。出かける」

立ち上がり刀架に架けた小刀を摑《つか》んだ。小刀を腰にさし、大刀を手にとって歩きながら腰に帯びた。

戸襖を開けると、前原と安次郎がいた。顔に緊張がみえた。

「夕餉の支度は出来ておりやすが、どうしやしょう。明日の朝にまわしましょうか」

うむ、と錬蔵が首を傾げた。

「戻るは深更になる。安次郎にも出かける支度があろう。腹が減っては戦《いくさ》も出来ぬ、という。せっかく料理の腕をふるってくれたのだ。出かけるは夕餉をすませてからにしよう」

「早飯喰いは、あっしの十八番《おはこ》で。旦那、飯を喉《のど》に詰まらせねえようにしてくださいよ」

にやり、として安次郎が錬蔵にいった。

横から前原が、

「見廻りに出られるのなら私も一緒にまいります」

「夜八つ（午前二時）頃から深川水軍の根城となっている戸田家の別邸を張り込んでくれ。入船代の取り立てから戻ってくるのが何刻《なんどき》ごろか、新たな動きをしている気配はあるかなど、様子を見極めたいのだ」

「入船代の取り立て以外に新たなことを始めているとすれば、仲間が別の動きをしているはず。そういうことですな」

前原が念を押した。

「そうだ。動きがないかもしれぬが、それはそれで深川水軍の出方を探る手がかりとなる」

「わかりました。張り込みにそなえて夕餉をすませた後、仮眠をとります」

顎《あご》を引いた前原から安次郎に視線を流して錬蔵が告げた。

「とりあえず長屋へ引き上げよう」

歩きだした錬蔵にふたりがつづいた。


手早く夕餉をすませた錬蔵は、安次郎とともに鞘番所を出て左へ折れ、万年橋《まんねん》を渡った。錬蔵は着流し巻羽織という見廻りするときの出で立ちではなく、着流しに深編笠という浪人と見紛《みまが》う姿であった。

鞘番所の俗称のもととなった小舟を納める御舟蔵《おふなぐら》を右手にみて、道なりに左へ折れながら錬蔵たちは大川沿いの道をすすんでいく。

「深川水軍の入船代の取り立ての具合を見てまわられるんで」

一歩遅れてやってくる安次郎が錬蔵に話しかけてきた。

「それだけではない。舟饅頭《ふなまんじゅう》たちが、どのあたりで商売をしているか見てみたい、とおもってな」

「前原さんが、御支配が舟饅頭稼業をやっている一味について安次郎に聞きたいことがあるそうだ、と仰有《おっしゃ》ってましたが、どんな話ですかい」

「深川の堀川を縄張りにする、といっていた深川水軍が次に狙《ねら》うは、どんな稼業か、とおもってな」

　ぽん、と安次郎が手を打った。

「そういえば湯島切通片町の岡場所、新大根畑で鼻つまみの旗本たちが局見世《つぼねみせ》を乗っ取ろうと企《たくら》んで、しくじりやしたね。堀川が縄張りとなりゃ、少なくとも所場代はとれる道理だ」

「深川に舟饅頭は何組いる」

「あっしが知っているところでは三組ですかね。遊女同然の抱えの舟饅頭が七、八人、船頭がわりの見張りの男たちが十二、三人、合わせて二十人ほど。それが、舟饅頭の、ほとんどの組の頭数で」

「潰れたり、新しい組ができたりなど、入れ替わりが激しいのか」

「いや、それがね。意外にきっちりと棲《す》み分けしてやってるんですよ。ここ十年ほどは大きな諍《いさか》いもなく、互いに邪魔しないようにうまくやってるんじゃねえかと」

「そうか。裏稼業にも裏稼業として生きる知恵がある、ということだな」

　話しているうちに仙台堀の河口が見えてきた。

「旦那、そろそろ上ノ橋ですぜ」

「深川水軍の稼ぎ振り、しかと見届けねばなるまい」

深編笠の端を持ち上げて、錬蔵が仙台堀の河口を見やった。

仙台堀へ舳先《へさき》を向けた猪牙舟《ちょきぶね》が数艘、大川沿いの岸辺近くで停泊している。おそらく橋脚のそばで行われている、深川水軍の入船代の取り立ての作業が遅れて待たされているのであろう。

「上ノ橋のたもとで足を止め、様子を見るとするか」

話しかけた錬蔵に、

「あっしは反対側のたもとからのぞき込むことにしやす」

応えた安次郎は足を速めて錬蔵を追い抜いていった。上ノ橋を渡りきったあたりで見張るつもりでいるのだ。

やってきた一艘の猪牙舟が仙台堀へ入ろうとして動きを止め、それまで待っていた猪牙舟の後ろについた。

横目で猪牙舟の動きを眺めながら、錬蔵は上ノ橋のたもとへ歩み寄った。

（戸田堯之進は今夜も出張っているのだろうか）

土手に下りて顔あらためをしたい、との衝動にかられた。が、錬蔵は、その場を動こうとはしなかった。顔を合わせると堯之進を挑発することになりかねない。

猪牙舟が一艘、上ノ橋の下へ入っていった。仙台堀へ、猪牙舟が一艘、橋下から出てきて海辺橋へ向かって遠のいていく。入船代を支払って深川水軍に深川の堀川へ入ることを許されたのだろう。

仙台堀の河口で深川水軍が入船代の取り立てを行っていることをたしかめた錬蔵は、安次郎のいるほうへ向かって足を踏み出した。

近づいてくる錬蔵に気づいて安次郎が歩み寄ってきた。

「次に向かうは中《なか》ノ堀《ほり》に架かる中ノ橋、ということになりやすね」

「目と鼻のところだが、まわるところが多い。急ぐぞ」

早足となった錬蔵を安次郎が追った。

中ノ橋でも深川水軍の深川への入船代の取り立ては行われていた。

「前原の復申のとおりだ。まさに蟻《あり》の這《は》い出る隙《すき》もない手配りだな」

歩きながら錬蔵が安次郎にいった。

「大川から油堀へ入る岸辺に三艘、猪牙舟が順番待ちしています。入船代取り立ての商い、なかなか繁盛しているようで」

皮肉な口調で安次郎が応じた。

「入船代を取られるとの噂が広まると、三櫓《さんやぐら》など深川の遊里へ遊びに来る客は、いずれ駕籠《かご》を利用するはず。深川水甼はざっと計算して五、六十人にもなろうという大所帯。満足に喰わせて、ほどほどの小遣いもやらぬと、寄せ集めの一群、そのうちに、まとまりがつかぬことになるは必定。戸田堯之進、総帥《そうすい》としては、つねに泡銭《あぶくぜに》をあくどく稼ぎまくる算段をせねばならぬだろうな」

「あっしも、そうおもいやす。客の旦那衆は意外と勘定高く、遊び以外には銭を使おうとしません。入船代などの無法な取り立てが長続きするとは、とてもおもえねえんで」

「油堀はゆっくりと歩きながら見るだけでよかろう。ようは入船代の取り立てが行われているのがわかればいいのだ」

「猪牙舟が一艘、中ノ橋の下へ入っていきやした。動きがあったようで」

ふたりはのんびりした足取りで歩みをすすめた。

大島川が大川と合流する河口は様子が違っていた。

枝川に架かる巽《たつみ》橋を渡った錬蔵と安次郎は、振り返って左斜めの方角をみた。河口が見える。松平下総守《しもうさのかみ》の下屋敷と相川《あいかわ》町の町家に挟まれた河口の両側に、二艘の猪牙舟が流れを横切るかたちで停まっていた。猪牙舟の舳先に箱形網行灯《あみあんどん》が置かれてある。その川船用の行灯の淡い光が、入船代の取り立てにあたっている旗本と船頭を朧《おぼろ》に浮き立たせていた。

大店《おおだな》の主人《あるじ》風の客を乗せた猪牙舟が一艘、大川から大島川に入ってきた。待ち受けていた深川水軍の猪牙舟が漕《こ》ぎ寄せる。客を乗せた舟の船頭に、舳先に乗った旗本が棹を突きつけている。

「入船代を払え」

とても凄《すご》んでいるのだろう。遠目には定かにはみえなかったが、船頭が首から提《さ》げた巾着《きんちゃく》を懐から取りだし、銭を旗本に手渡している。

入船代を受け取った旗本が手をかざすと、それが合図なのか船頭が動き、客を乗せた猪牙舟から離れていった。

船頭が入船代を払った猪牙舟が大島川へ入り、錬蔵たちがいる巽橋のほうへ漕ぎすすんでくる。

「次は不二見橋だ」

いうなり錬蔵は足を踏み出していた。安次郎も歩きだした。

二十間川の平野《ひらの》橋から江島橋あたり。

仙台堀へつづく貯木池の一角にある亀久橋《かめひさ》付近。

亥ノ堀川は福永橋から扇橋にかけての一帯。

入船代が取り立てられているかどうかをたしかめるべく見廻りながら、錬蔵と安次郎は舟饅頭が流している三ヶ所の川筋へも足をのばした。

「深川七場所など町中で流行《はや》っている遊所の近くを避けて舟饅頭たちは商いしておりやす。陸《おか》の茶屋や局見世とは、できるだけ競い合わないようにしている。なかなかの商売上手ということで」

道すがら安次郎が錬蔵にいった。

「舟饅頭たちの根城はどこにあるのだ」

問いかけた錬蔵に安次郎が応えた。

「流している川沿いにある、と聞いておりやす。聞き込みをかければ簡単にわかることで」

「根城は商いをしている川沿いにあるのか」

それなら深川水軍から深川への入船代を取られることはあるまい、と錬蔵はおもった。

「舟饅頭の商いぶりは、いつもと変わらぬようで」

亥ノ堀川に架かる扇橋から小名木川沿いの海辺大工町の銚子場への入り堀に向かいながら、安次郎が告げた。

「まだ、深川水軍から所場代の取り立ては受けていない、ということか」

問うた錬蔵に、

「あっしは、そうおもいやす。深川水軍の奴らが所場代を要求したら、今までなかったこと、舟饅頭側も必ず抗《あらが》うはず。一悶着起きるのは間違いありやせん」

「その騒ぎがいつ起きるか、楽しみだな」

深川水軍と舟饅頭の、どこぞの組が争う。

（そのとき、深川水軍につけこむ隙が生じるかもしれぬ）

歩みをすすめながら錬蔵は、

（いまは注意深く事態の推移を見守るしかない）

と胸中でおのれに言い聞かせ、焦るこころを懸命に抑えていた。

二

翌明け六つ（午前六時）を半刻（一時間）ほど過ぎたころ、政吉がやってきた。

いつもの藤右衛門からの呼び出しではなかった。錬蔵に手渡すものがあるらしく、

「『直《じか》に会ってお渡ししたいんで』といっている」

と長屋にやってきた門番が錬蔵に取り次いだ。

このところ、ちょくちょく鞘番所に顔を出している政吉の頼みである。門番も、

「早朝のこと、朝餉を食しておられるのではないか、とおもいましたが、顔を付き合わせると、どうにも邪険にあつかえなくて」

申し訳なさそうに頭を下げたものだった。

丁度、朝餉を食べ終えたところだった。錬蔵は、

「長屋へ連れてきてくれ」

と門番に命じた。

門番に案内されて来た政吉は風呂敷包みを抱えていた。

表戸を開け、土間に足を踏み入れた政吉は浅く腰を屈めた。板敷の間に坐ったまま錬蔵が、

「上がれ。立ったままでは話もできまい」

「いえ。お届け物をお渡ししたら、すぐに引き上げます」

遠慮がちに応えた政吉に安次郎がいった。

「上がりな。命がけの捕物を何度も手伝ってもらっている仲だ。遠慮はいらねえよ」

ちらり、と安次郎に視線を走らせた政吉が、小さく頭を下げ、

「お言葉に甘えさせていただきやす」

板敷の間の上がり端に歩み寄り、上がってすぐのところに坐った。持ってきた風呂敷包みの結び目を解いて、広げた。なかに鉄紺《てつこん》色の小袖が入っていた。

「お紋姐《ねえ》さんからの預かりものでございます。旦那が、棹で突かれ気を失って仙台堀に落ちた船頭を助けに、小袖を身につけたまま水に飛び込んで、びしょ濡れになったと聞いて、着替えにと出入りの仕立て職に急ぎ小袖を縫わせたのだそうで。旦那の身《み》丈《たけ》は、だいたいわかっているんで記憶を頼りに見繕《つくろ》ったが、まず外れてはいないはず、といってやした」

そういって政吉が風呂敷ごと小袖を抱え持ち膝行《しっこう》して、錬蔵の前に置いた。

脇から安次郎が口をはさんだ。

「小袖を届けるだけなら政吉さんの手をわずらわせなくとも、お紋が、自分で来りゃすむのによ。どうにも女ってやつは難しくていけねえ」

にやり、として政吉がいった。

「お紋姐さんから伝言を頼まれておりやす。何かと面倒なことがつづいている折り、

芸者のあたしが顔を出せば『この大事なときに芸者を呼びつけるなど気持が緩みきっている証《あかし》』などと、旦那が痛くもない腹を探られることになりかねない。それで、政吉さんに頼むのだ、と仰有っておりやした」

軽く頭をこづいて安次郎がいった。

「こりゃ一本とられた。お紋も、気配りできる女になったってことかい。鼻っ柱は強いが人をおもいやる気持も持っている。まわりの様子も読める。それが深川女のなかの深川女、だと聞いちゃいるが、いままでひとりも、出会ったことがない。ひょっとするとお紋は、深川女のなかの深川女に近づいているのかもしれねえな」

「竹屋の太夫、そりゃ買いかぶりってもんですぜ。お紋姐さんの向こう意気の強さは天下一品。気に入らない客の座敷からは、いつのまにか姿が消えている。間を持たせるのに大苦労だ、と男芸者たちがぼやいてますぜ」

応えた政吉に安次郎が苦笑いを浮かべた。

「そいつぁまずいな。お紋にあったら意見のひとつもしなきゃならねえ。お座敷は大事にしな、とね」

「人の意見を聞く耳を持ってりゃいいんですがね」

「聞くさ。大滝の旦那が、そういってたぜ、と一言くわえりゃ、すむ話よ」

「そりゃ、そうでしょうねえ。たしかに、そうだ」

妙な感心の仕方をして政吉が何度もうなずいた。

ふたりのやりとりを微笑んで眺めていた錬蔵が、

「政吉、藤右衛門に伝えてほしいことがあるのだ」

「何です」

「目付へ届け出る調べ書を数日中に書き上げて、まずは町奉行所へ上げるつもりだ。できるだけ速《すみ》やかに事の決裁をつけてもらう。もうしばらく辛抱してくれ、とな」

「わかりやした」

緊張を漲《みなぎ》らせて政吉が顎を引いた。

「それとお紋にも『気遣い、すまぬ。仕立ててくれた小袖、今日から喜んで着させてもらう』と伝えてくれ」

笑みを含んで告げた錬蔵に、

「そのお言葉、お紋姐さんも喜ばれることでございましょう。しっかりと伝えておきます」

微笑んで政吉が応えた。

政吉が帰ったあと、錬蔵はお紋が仕立ててくれた鉄紺色の小袖に着替えた。

支度をして板敷の間に坐って見ていた安次郎が、

「お紋の奴、旦那に一度、鉄紺色の小袖を着せてみたい、きっと似合うよ、とあっしと顔を合わせるたびにいってましたが、さすがに粋《いき》と気《き》っ風《ぷ》が売り物の鉄火《てっか》芸者のお紋の目に狂いはねえ。見立て通りだ。よく似合いますぜ」

揶揄《からかい》を含んだ口調でいった。

「そうか。見立て通りか」

はにかんだ笑みを浮かべて錬蔵が応じた。

ことばの調子を変えて、つづけた。

「安次郎、松倉ら同心たちに用部屋へ来るよう伝えてくれ。そろそろ働いてもらわねばならぬ」

「やっと松倉さんたちの出番がきましたかい。すぐ同心詰所へ向かいやす」

身軽く安次郎は立ち上がった。

用部屋へ入った錬蔵は文机《ふづくえ》の前に坐り、同心たちの復申書を手にとった。

〈深川水軍の動き、相変わらず。その他に、つねと変わったことなし〉

と松倉孫兵衛はじめ八木周助、溝口半四郎らの書付は似たようなものだった。

ただ、小幡欣作の復申書には、

〈深川水軍の動き、変わらず。仙台堀、油堀を縄張りとする、やくざの一家に不穏の動きあり。子分たちの往き来が激しい。何やら細かく連絡を取り合っている様子、と見張らせた下っ引きより報告あり〉

とあった。

（同心たちのなかにも、やる気が出てきた者がいる。まずは小幡を鍛え上げるか。溝口と八木には多少の荒療治が必要かもしれぬ）

うむ、と錬蔵はひとり、うなずいた。

廊下から声がかかった。

「安次郎です。松倉さまたちをお連れしました」

「入ってくれ。安次郎は引き上げてくれ」

応じた錬蔵に戸襖が開かれ、松倉たち同心たちが入ってきた。錬蔵と向き合って四人ならんで坐った。

一同を見渡し、錬蔵が告げた。

「今日より新たな務《つと》めを命じる」

一同が息を呑み、ちらり、と互いに見合った。

「深川水軍が入船代を取り立て始める刻限から見廻りと見張りを強化する。溝口は仙台堀は上ノ橋を、八木は油堀は中ノ橋を下っ引きたちと共に見張れ」

「身共《みども》と溝口が、油堀と仙台堀を見張るのですか」

不満げに鼻を鳴らして八木がいった。

「そうだ。深川水軍の動きが目に余れば船頭たちに助け船を出し、旗本たちをなだめすかすのだ」

「それは、しかし、あまりにもつらいお役目」

「相手は支配違いの旗本ですぞ」

ほとんど同時に八木と溝口が声を上げた。

見つめて錬蔵が突き放すような口調で告げた。

「深川の地に安穏《あんのん》をもたらすのが深川大番屋の仕事だ。務めに励めぬのなら職を辞するしかあるまいよ」

「それは」

「しかし」

俯《うつむ》いて言いよどんだ八木と溝口に錬蔵が、さらに冷ややかに告げた。

「務めの中身が気に入らぬなら御奉行へ配置替えを願い出てもよいが」

「気に入らぬとは申しておりませぬが」

「御指示に従い、仙台堀で深川水軍のやりようをしかと見届けてまいります」

言い訳がましく八木が、覚悟を決めた口調で溝口が、いった。

「たとえ支配違いであろうと無法を押し通す輩《やから》には、いかなる手立てを講じても、その罪科《つみとが》を問い質《ただ》さねばならぬ。それが我ら町奉行所の与力、同心に与えられた使命と心得るのだな」

「肝《きも》に銘《めい》じておきます」

「心得ました」

深々と頭を下げて溝口が、八木が応えた。おずおずとした口調で松倉が問いかけてきた。

「私めは何をすればよろしいので」

目線を松倉と小幡に向けて錬蔵が告げた。

「ふたりは深川のやくざの一家の動向に気を配れ。深川水軍は堀川を縄張りとするといっているが、そのことを深川中のやくざたちが承服しているわけではあるまい。旗本といえども勝手は許さぬ、と敵意を剝《む》き出すやくざもいるはず。血で血を洗う争いが起きるは必定。喧嘩両成敗《せいばい》は武家の定め。旗本、やくざの喧嘩であっても片贔屓《かたひいき》の捌《さば》きをするわけにはいかぬ。此度《こたび》は事前にやくざたちの動きを摑み、刃物三昧《ざんまい》の沙汰《さた》に陥《おちい》らぬよう計らうしか、いまのところ手立てはない。わかるな、小幡」

「委細承知」

眼を輝かせて小幡が顎を引いた。その眼は、

（御支配は提出した復申書をしっかりと読んでくださっているのだ。それを受けての此度の御指図）

との、おのが仕事を認められた嬉しさに弾《はず》んでいるかのようにみえた。

一同を見据えて錬蔵が告げた。

「新たな務めへの手配りもあろう。それぞれ支度にかかるがよい」

同心たちが強く顎を引いた。

同心たちが引き上げていくのを近くで見張っていたのであろう。入れ違いに安次郎と前原が錬蔵の用部屋へ顔を出した。

向かい合って前原が、斜め後ろに安次郎が座した。同じ下っ引きの立場にあるにもかかわらず安次郎は、北町奉行所同心だった前原の、かつての身分を決して忘れるこ

とはなかった。安次郎は、つねに一歩下がった態度で前原に接した。それがあらゆることに対処するときの、

〈安次郎一流の筋の通し方〉

だということを錬蔵は、安次郎との付き合いを深めるにつれ理解できるようになっていた。

「前原、入船代の取り立てから引き上げてきた深川水軍の様子はどうであった」

問いかけた錬蔵に前原が応えた。

「取り立てがうまくいったとみえて、引き上げてきた連中、なかなかの浮かれようで。全員がもどってきても一刻（二時間）ほどは明かりが消えず、屋敷に近寄ってみたら酒盛りでもしているのか、騒ぎ立てる声が中から聞こえてきました」

「朝までつづいたのだな」

「空が白む頃までざわついておりましたが、酔い潰れたのか騒ぐ音が消え、屋敷に静けさがもどりました」

「それでは、まるで昼と夜が逆になったような暮らしぶりではないか」

「一日だけしか張り込んでいないので、はっきりとはいえませぬが、おそらくそうではないかと」

「深川水軍の様子からみて昼すぎまで動くことはないであろう」

「張り込みはつづけますか」

「つづけてくれ」

「あっしはどうしやしょう」

聞いてきた安次郎に、

「舟饅頭たちの動きを見張ってくれ」

「深川水軍の連中とご同様に当分、昼夜、入れ替わった暮らしになりそうですね」

「そうだ。できるだけ眠れるときに眠ることだ」

「そうさせてもらいやす」

前原に顔を向けて錬蔵がいった。

「前原、おまえも眠れるときに眠れ。昼間は子供たちが元気に走り回って自分の長屋では眠れないだろう。おれの長屋を使え。遠慮は無用だ」

「しかし、それは」

「そうなさいませ、前原さん。まっ昼間、男ふたりが枕をならべて鼾合戦《いびき》するのも悪くない趣向ですぜ」

横から安次郎が口をはさんだ。

「そうだな」

うなずいた前原がいった。

「御支配、おことばに甘えさせていただきます」

「そうしろ。いつ何時、変事が起きるかもしれぬ。少しでも躰をいたわっておくことだ」

柔らかな眼差《まなざ》しで見やって錬蔵が微笑んだ。

三

足音が遠ざかっていく。前原と安次郎は、

「出来うるかぎり仮眠をとります」

といって引き上げていった。

(そのことば通りに休んでくれたらよいが)

と願いながら錬蔵は、

(つねに躰を動かしていないと気が休まらない質《たち》のふたり。何やかやと用を見つけては立ち働いているに相違ない)

とおもうのだった。

文机に向かった錬蔵は墨《すみ》をすった。すりおえた墨を吸わせた筆を手にとり、広げた巻紙に、堯之進と仲間の旗本たちが深川水軍と名乗って為《な》している悪行の数々を記しつづけた。

北町奉行所年番方与力笹島隆兵衛《ささじまりゆうべえ》に書き上げた調べ書を渡し、奉行所を通じて目付に届け出てもらおう、と錬蔵は考えていた。

最古参の年番方与力である笹島隆兵衛は、錬蔵の父、大滝軍兵衛《ぐんべえ》とは、職分を離れた親友だった。軍兵衛亡《な》き後は父がわりになって、何かれと錬蔵の世話をやいてくれる人物であった。

書付を一気に書き上げた錬蔵は、束《たば》ねて紙縒《こより》で綴《と》じ一冊の冊子とした。冊子にした調べ書を風呂敷で包み、錬蔵は懐に入れた。


錬蔵が深川大番屋を出たのは、七つ（午後四時）を告げる入江町の時鐘が鳴り終わった頃であった。

北町奉行所に出向き笹島に会うつもりでいた錬蔵だったが、途中で気が変わった。

旗本を裁く相手とする、支配違いの一件である。まずは町奉行所から日付に届け

出、目付が調べ書に書かれた事柄の裏付けをとり、

〈調べに間違いなし〉

となったら評定所に届け出て裁定を仰ぐ。

正直いって錬蔵は、

(この一件、揉み消されるかもしれぬ)

との強い恐れを抱いていた。

〈田沼さまには及びもないが、せめてなりたや将軍さまに〉

と狂歌にうたわれるまでの権勢を有する老中、田沼意次と戸田堯之進の父、太郎左のかかわりは深い。

通り一遍のやり方では、錬蔵がしたためた調べ書は途中で握りつぶされる公算が強かった。北町奉行の依田豊前守《よだぶぜんのかみ》は田沼意次のもとに通いつめ、賄賂《わいろ》を贈るなどの裏工作を重ねて町奉行の職にありついた人物であった。

正面きって北町奉行所を訪ね、笹島と会合を持ち、調べ書を手渡すことが、はたして最良の策であろうか、と錬蔵は考えたのだ。

まずは屋敷を訪ね、この調べ書が町奉行所より目付に、すんなりと届け出されるものかどうか、笹島の意見を聞くべきだと錬蔵は判じたのだった。

〈笹島様が御屋敷に戻られるは五つ〔午後八時〕近く〉

と錬蔵は見当をつけた。

五つまでにはかなりの間があった。錬蔵は茂森町にまわり、いまや深川水軍の根城と化している戸田家の別邸の様子を窺《うかが》うことにした。

深川木場の貯木池には無数の丸太が浮いている。貯木池を区切るように造られた土手道の左右に、数列につらなる浮島のような木置場が設けられている。その浮島のひとつ、戸田家の別邸をのぞめる木置場の一角の山積みされた木材の蔭に、錬蔵は身を置いた。

多数の猪牙舟や小舟数艘、屋根船などが隣接する材木問屋の船着き場まではみだして繫留されている。

それらの舟が繫留されているところをみると堯之進らは屋敷内にいる、とおもわれた。

凝然と錬蔵は深川水軍の根城を見つめている。屋敷のなかで何が行われているか、外から眺めているだけの錬蔵には知りようもなかった。

が、なかでは堯之進ら旗本たちが集まって、次なる悪だくみを巡らしているに相違なかった。その奸策《かんさく》が錬蔵の見込み通り、舟饅頭のひと組を乗っ取ることなのかどうか。

（おもいもかけぬ謀計を考えついているかもしれぬ）

それがどんな策なのか、錬蔵は探りつづけた。迷走する思索を持て余しながら錬蔵は、身じろぎもせずに戸田家の別邸を見据えている。


「もう、お市の躰にも飽きたな」

腰付障子を開けて座敷から出てきた館野亀次郎《たてのかめじろう》が、廊下に肘枕して横たわり、庭を眺めている西尾七三郎《にしおしちさぶろう》に話しかけた。

陽はすでに西に傾きかけているというのに、ふたりとも寝衣《ねまき》姿であった。年の頃は三十そこそことみえた。が、眼の下には乱行の証の隈《くま》が青黒く染《し》みをつくっている。

臑《すね》をかきながら西尾が半身を起こした。

「おれも、そうだ。お春は局見世の遊女。客の数をこなしているせいか、どこをどう扱えば男が早く果てるか、よく知っている。何だか小僧扱いされている気がしておもしろくない」

腹立たしげに舌を鳴らして館野がいった。

「それにしても堯之進の奴、年も似たようなものだというのに、総帥面《づら》しやがって忌々《いまいま》しい奴だ。拐《かどわ》かしてきた女のなかで一番美形の、お里を独《ひと》り占《じ》めしやがって。お市もお春も、旗本仲間で盥《たらい》回ししている女だぞ。いかに剣の腕が立つといっても、気《き》儘《まま》が過ぎるとはおもわぬか」

「そうはいっても、ここは堯之進の親父殿の屋敷だ。いわば、おれたちは居《い》候《そうろう》の身。堯之進の悪知恵のおかげで深川水軍と称して入船代を取り立て、有り余るほどの小遣いにもありついている。煎《せん》じ詰めれば今の暮らしは、すべて堯之進から与えられているのではないのか。以前と違って金はある。お春やお市に飽きたのなら、すぐ近くに岡場所が点在している。遊女など何人でも買えるだろうが」

「それはそうだが、堯之進のしたり顔が気に喰わぬ。昔から一緒に悪さを仕掛け合った仲間ではないか。それが、いまは三部屋もある離れを独り占めし、その上、女までも自分の持ち物としている。お里は丸顔で鄙《ひな》びた顔立ちだが、色白の餅《もち》肌で、丸みを帯びた、いい躰をしている。仲間にそろそろお裾分けしてもいいではないか。深川水軍の総帥と名乗るのは一向に構わぬが、威張り散らすのは腹が立つ。どうにも許せぬのだ」

ちらり、と館野を見、再び、ごろりと庭を向いて横になり、肘枕をした西尾が、

「おれは、それほど気にならぬがな。堯之進の傲慢さは、以前と変わらぬ。策謀には長《た》けているし剣の腕は立つ。悪仲間にはもってこいの、頼りになる男だ」

そういって、大欠伸《あくび》をした。

「何をやってもつまらぬ」

床で俯《うつぶ》せたまま枕を胸にあて、堯之進は煙草盆を引き寄せた。

煙管《きせる》を口に咥《くわ》えたが、堯之進は火皿に煙草をつめようとはしなかった。咥えたまま寝返りを打ち、仰向けとなった。

半身を起こして堯之進の顔をのぞきこんだお里が、

「飽きたのかい、あたしに」

乳房も露《あら》わなほどはだけた緋色《ひいろ》の長襦袢《ながじゆばん》の襟《えり》をなおそうともせず、胸元に覆《おお》いかぶさった。

背中に腕を回した堯之進が長襦袢に手を突っ込み、むっちりと盛り上がった、椀形のお里の乳房を強く摑んだ。

「痛っ」

呻《うめ》いたお里が、ぼってりとした小さな唇を半開きにして切なげに喘《あえ》いだ。

「駄目だよ。また欲しくなっちまう」

ことばとは裏腹に、お里が堯之進にさらに躰を寄せた。

「おもしろくねえ。こんなつもりじゃなかった」

吐き捨てるように堯之進がいった。

「あたしが厭《いや》になったのなら、お市ちゃんやお春ちゃんのように、みんなの慰み者にしたって恨みはしないよ。拐かされて、ここに連れて来られたときから覚悟は決めてるんだ」

抱きついたまま呟《つぶや》くようにお里がいった。

「おまえは、このまま、おれのそばにいればいいんだ。いらない、とおれがいうまではな」

「そばに、いつまでもそばに置いておくれよ。何でもいうことを聞くからさあ」

顔を上げて堯之進の唇に自分の唇を重ねた。

邪険にお里をはねのけた堯之進が、

「いまは、そんな気分じゃねえ」

低く吠《ほ》えるや、立ち上がった。

刀架に架けた大刀を手にとる。眼が血走っていた。

「まさか、おまえさん」

半身を起こしてお里が身を竦《すく》めた。そんなお里を見向きもせず、堯之進は腰付障子に歩み寄り、荒々しく開けた。

裸足のまま庭に駆け下りた堯之進は大刀をひき抜いた。

大上段に構える。

大刀の刀身が西空に傾きかけた陽光を浴びて鈍い光を放った。

瞬間……。

裂帛《れっぱく》の気合いを発した堯之進が大刀を振り下ろした。一条の閃光《せんこう》が走り、地面すれすれのところで止まった。

大刀の切っ先を地面すれすれの位置に置いたまま、堯之進は身動きひとつしなかった。凝然と切っ先を見据えている。

金縛《かなしば》りにあったかのようにみえる堯之進を腰付障子の蔭に立って、瞬《また》きひとつせず、お里が見つめている。


ほどなく四つ（午後十時）になろうという頃合いであった。錬蔵は調べ書を読みすすめる笹島隆兵衛と向かい合って坐っていた。

ふたりは笹島の屋敷の奥の間にいる。

届出書を読み終えた笹島が、うむ、と首を捻《ひね》って宙を見据えた。

黙然と錬蔵は笹島が口を開くのを待っている。

ややあって、笹島が、ふう、と息を吐いた。

顔を向けて錬蔵に告げた。

「この調べ書は北町奉行所からは出せぬ」

「それは、いかなる理由で」

一膝乗りだして錬蔵が問うた。

「間違いなく御奉行が握りつぶされよう。御奉行は御老中、田沼様の御機嫌を損《そこ》ねることを、まず、なされまい」

「しかし、それでは、天下の御政道が歪《ゆが》むことになりませぬか」

じっと錬蔵をみつめて笹島が告げた。

「そういう事態に立ち至らぬよう、他の手立てを考えようというのだ」

「それでは、笹島様には他の手立てがあると」

「わしの懇意にしている大身のお旗本が目付の職にある。その方に密《ひそ》かに持ち込んでみようと考えている」

「じかに目付に。そのようなことが出来るのですか」

「出来る。ただし、密かに動いたことが露見すれば、わしは職を解かれることになる」

　はっ、と錬蔵が息を呑んだ。

「それは、しかし」

「ただし、この届出書を書き上げた者が目付配下の小人《こびと》目付ということになれば、わしの名は表に出ぬ。が、錬蔵、おまえは手柄をひとつ失うことになる」

「手柄にしようなどとは、おもってもおりませぬ。深川に住み暮らす町人たちが日々安穏に暮らせるようにする。それが務めの第一と心得ております」

「よくぞ申した。権勢を恣《ほしいまま》にする御老中、田沼様の金のなる木と噂のある戸田太郎左の不利になること。当然、田沼様にも損を与えることになる。わしの知り人の目付が田沼様に抗い、どこまで御政道の筋を通すことができるかどうか、わしにもわからぬ。が、成るか成らぬか動いてみなければ何ひとつ前へすすまぬでな。まずは動くということだ」

　微笑みかけた笹島に、

「ご迷惑をかけることになりますが、なにとぞよしなに」

と錬蔵が深々と頭を下げた。

四

八丁堀《はっちょうぼり》の組屋敷の一帯は、すでに寝静まっていた。錬蔵は、

（おのれの屋敷には寄らぬ）

と端《はな》から決めていた。

錬蔵が記した書付に眼を通した笹島隆兵衛が、一件を公《おおやけ》の場に持ち出す苦肉の策として、

〈すべて目付配下の小人目付が探索したこととして調べ書を評定所に届け出る〉

と、錬蔵に告げたとき、

〈おのれの屋敷に立ち寄らぬ〉

と考えていたことが間違っていなかった、とあらためて思い直したものだった。

留守宅を守ってくれている、父の代からの住み込みの小者である老爺《ろうや》の伊助《いすけ》をねぎらってやりたい、との気持がなかったわけではない。ただ、

（支配違いの一件、できるだけ隠密裡《り》に動くべきであろう。おれが笹島様を訪ねたこ

とすら他に洩《も》れてはならぬ)

との深謀が錬蔵に慎重な行動をとらせたのだった。

八丁堀から深川へもどる道すがら錬蔵は、

(このまま手をこまねいているわけにはいかぬ。戸田堯之進に一泡吹かせるよい手立てはないのか)

と思案しつづけた。

大川にかかる新大橋のなかほどで足を止めた錬蔵は、江戸湾を臨《のぞ》む欄干《らんかん》の前に立った。

仙台堀、中ノ堀、油堀への入り口の岸辺には多数の猪牙舟が停まっていた。深川水軍の入船代の取り立ては、今夜もつづいているようだった。

猪牙舟が一艘、また一艘と仙台堀や油堀の河口に吸い込まれていく。溝口半四郎や八木周助が手先たちを引き連れて、見張りについているはずであった。

凝然と見つめていた錬蔵の眼が、一瞬、細められた。何かを見つけ出した、とおもえた。

その眼は一点に据えられていた。

目線の先は小名木川の河口であった。小名木川の河口には猪牙舟が停泊していなかった。

深川水軍が入船代の取り立てを行っている河口のすべてを、錬蔵は思い起こした。

はじめて、入船代を取り立てている場所を見廻ったとき、

（何か欠けている）

と奇妙なおもいにとらわれたものだったが、大川から深川の堀川へ舟が入っていく景色を見たとき、そのとき抱いた違和感が一気に吹き飛んでいた。

小名木川の河口近くの岸辺には一艘の猪牙舟も見えなかった。

小名木川沿いは、銚子場への入り堀に架かる自分橋、亥ノ堀川と小名木川が交わるところにある扇橋に、入船代の取り立て場が設けられていた。

（小名木川はおおまかにいえば深川と本所を区切って流れる川。戸田堯之進らは小名木川は本所の内と見立てているのかもしれない）

たしかに小名木川を境に町の景色は大きく変わる。

新大橋のたもとには葦簀《よしず》張りの水茶屋や屋台がならび、深川の盛り場が張り出しているかのような様相を呈《てい》しているが、竪川へ向かうと灰会所《はいかいしょ》、御舟蔵と公儀の御蔵がつらなっている。六間堀《ろっけんぼり》沿いに六間堀町、北森下《きたもりした》町などの町家の密集した一角があるが、竪川へ近づくにつれて武家の屋敷町となっていく。竪川、横川沿いに町地がある

以外は、すべて武家の屋敷が建ち並んでいた。

「小名木川は本所の内か」

おもわず錬蔵は口に出していた。ことばにしたことで、それまで混沌としていた錬蔵の思索が一挙にまとまった。

（深川水軍は深川への入船代を取っているのだ）

そのことに気づいた錬蔵は、さらに胸中でことばを重ねていた。

（あくまでも深川への入船代を取っているのだ。本所への入船代は、はじめから取る気がないと考えるべきだろう）

その証ともいうべき事柄が、小名木川に入船代を取り立てる猪牙舟を配していないことなのだ。

（入船代取り立てを阻止する手立てを見つけた）

手立てを形とするには河水の藤右衛門の力が必要だった。

踵《きびす》を返した錬蔵は、戻るべき深川大番屋を横目に、急ぎ河水楼へ向かった。

河水楼に錬蔵が顔を出すと帳場に政吉が坐っていた。

「旦那はいるかい」

と錬蔵が声をかけると、政吉が立ち上がり近寄ってきて、

「奥の座敷にいらっしゃいますよ。深川水軍が入船代の取り立てを始めて以来、やけにご機嫌が悪くてね。みんなぴりぴりしてます」

と首を竦めてみせた。

「上がるぞ」

笑みで応えた錬蔵が、磨き上げた廊下の上がり框《がまち》に足をかけた。

奥の座敷で錬蔵と藤右衛門が向かい合っていた。

「深川の堀川に入ろうとするから、いかぬのだ。新大橋の下に深川に来る客のために間に合わせの船着き場を造り、本所の岸辺に上がったこととすれば深川への入船代の取り立てなどできぬ道理。そうはおもわぬか」

うむ、と藤右衛門がうなずいた。

「大滝さま、いま、お聞かせくださいました手立て、深川水軍の奴らを切歯扼腕《せっしやくわん》させる、おもしろいやり口かもしれませんな」

「政吉たちを動かしてくれ。仙台堀や油堀に入るために大川の水辺で順番待ちしている猪牙舟の船頭に、新大橋のたもと下の水辺に急拵《ごしら》えの船着き場を設けた、そこへ舟

「舫杭《もやいぐい》を打ち、その上に厚板を打ちつけた程度の船着き場で間に合いましょう。さっそく男衆に造らせます」

「新大橋のたもとに駕籠を集められるだけ集め、猪牙舟で乗りつけた旦那衆を馴染《なじ》みの見世へ運ばせる。駕籠代を払っても入船代よりは安いだろう」

　にやり、として藤右衛門がいった。

「旦那衆の宴席代に上乗せすればすむこと。駕籠代分、払いが増えても遊びに来られた旦那衆は、細かいことはお気になされませぬ」

「何かと支度があろう。明日からでもはじめてくれ」

「いえ、善は急げと申します。急ぎ船着き場を造り上げ、出来上がり次第、男衆を仙台堀などへ走らせ、順番待ちの猪牙舟を新大橋下へ向かわせるよう手配りいたします。このこと、直《ただ》ちに政吉に伝え、皆を集めさせます。暫時、お待ちを」

　いつもは手を打って人を呼ぶのに、めずらしく藤右衛門が立ち上がった。戸襖を開けて、座敷から出ていく。

　やがて、政吉に何事かいいつけている藤右衛門の声が聞こえてきた。

　座したまま錬蔵は腕を組んだ。

（戸田堯之進ら深川水軍の連中、大船代の取り立てがままならぬ、となれば次はいかなる謀略をめぐらせてくるか。読み通り、舟饅頭に手を出してくるか。奴らのことだ。予想だにせぬ奇策を秘しているかもしれぬ）

思案の深間に次第に錬蔵は呑み込まれていった。

新大橋の橋下の大川の水辺に急拵えの船着き場を造るべく、政吉、富造以下十数人の男衆が荷車に厚板や杭を積んで河水楼を出たのは、錬蔵と藤右衛門が話し合ってから小半刻（三十分）ほど後のことだった。

「船着き場造りには、おれが立ち合うが何かと好都合だろう」

出際にそういった錬蔵に藤右衛門が、

「出来れば御上《おかみ》お声掛かりの船着き場造りといった形がとれればやりやすい、とおもっておりましたが、大滝さまには言い出しにくくて、どうしたものかと迷っておりました」

と浅く腰を屈めた。

「藤右衛門は、どうする」

問うた錬蔵に藤右衛門が応じた。

「近場に数軒ほど駕籠屋があります。掛け合って回してもらえるだけの駕籠を、新大橋のたもとに集める所存でございます。話し合いがつき次第、新大橋へ向かいます」

「素早い手配り、驚いている。お蔭で、深川水軍に一矢《いっし》報いることができる。このことで奴らの足並みに多少の乱れが出るはず。その乱れをつく、よい手立てがみつかれば真綿で首を絞めるように、じわじわと奴らの力を削《そ》いでいくことができよう」

「これが手始めでございまする。攻めては退《ひ》き、また攻めては退きを何度も繰り返し、狙う相手の弱るのを待つ。商人《あきんど》が他の商人の店を乗っ取るときに、よく用いる手立てでございまする」

「引くつもりは毛頭ない。これからは出来うる手立てはすべて駆使して、落着へ向かってすすむしかない」

不敵な笑みを錬蔵が浮かべた。

新大橋の下の水辺に急拵えの船着き場が出来上がるのに、小半刻もかからなかった。

馴《な》れた手つきで政吉たちが、猪牙舟が四艘ほど接岸できる大川へ突き出た二本の船着き場を造り上げた。

着流し巻羽織の錬蔵が立ち合っている。誰しもが御上の認許を得た作業だとおもったに相違なかった。

残った厚板や杭を荷車に積んで引き上げる男衆と、仙台堀や油堀など入船代の取り立て場へ向かう政吉や富造らが、二手にわかれて新大橋のたもとから引き上げるのと同時に、錬蔵は鞘番所へもどった。

長屋へ立ち帰った錬蔵は巻羽織を脱ぎ置き深編笠を手に、再び新大橋へ向かった。

すでに数挺の駕籠がたもとに集まっていた。駕籠のそばに藤右衛門が立っている。

深編笠をかぶり錬蔵は藤右衛門に歩み寄った。

「段取り通りすすんでいるようだな」

声をかけた錬蔵を振り向いて、藤右衛門が浅く腰を屈めた。

「忍び姿で出られたとなると仙台堀や油堀の様子を見にいってくださるので」

「そうだ。仙台堀には溝口、油堀には八木が張り込んでいる。政吉たちの手配りを邪魔立てするとはおもわぬが、事の成り行きは話しておかねばならぬでな」

「決してご無理はなされぬように」

「大滝錬蔵、まだ命は惜しい。争いごとになれば尻に帆かけて逃げるのみ、だ」

笑みを含んでいって錬蔵は踵を返した。腰を屈めて藤右衛門が見送った。

仙台堀そばの物陰に溝口らは潜んでいた。そこからだと入船代を取り立てる深川水軍の猪牙舟を、しっかりと見張ることができる。歩み寄って錬蔵が声をかけた。

「溝口」

呼びかけに気づいて顔を向けた溝口半四郎が、

「これは御支配」

と口走り立ち上がろうとした。

「そのままでよい。問いかけに応えよ。異常ないか」

「さきほどから仙台堀に入ってくる猪牙舟や小舟が、ぷっつりと途絶えました。深川水軍の輩、手持ち無沙汰の様子」

「舟が入って来ぬように手を打った」

「どのような手立てで」

「明日、用部屋で話す。このまま深川水軍が引き上げるまで見張れ」

「承知」

短く溝口が応えた。

ゆっくりと歩きながら錬蔵は、猪牙舟に乗るふたりの旗本の顔を横目であらためた。堯之進の姿はなかった。ひとりは大店の主人風の男を脅しあげた旗本だったが、残るひとりは見知らぬ者だった。

（交代で取り立てにあたっているのかもしれない）

そう推《お》し量りながら錬蔵は油堀へ歩をすすめた。

五

深更、茂森町の根城に戻ってきた館野亀次郎と西尾七之郎は、

「今夜は気分がすぐれぬ」

と入船代の取り立てには加わらず、離れの座敷から一歩も出ずにお里相手に酒を呑んでいる堯之進のもとへ足音高く向かった。

腰付障子は閉まったままだったが、行灯の明かりは点《とも》っていた。

「話がある。来てくれ」

廊下から館野が声をかけた。

「ほどよく酔っているところだ。明日にしてくれ」

なかで堯之進が応えた。

「皆が集まっている。大事が起こったのだ」

今度は西尾が声を上げた。

「うるさい。今夜はおれは休みだ」

不機嫌を露わに堯之進は声をあらげた。

「舟が深川に入って来ぬのだ。今夜、途中からぷっつりと途絶えた。一艘も入って来ぬ。入船代の取り立ては、いまや開店休業の有り様だ」

苛々《いらいら》しく館野が声を高めた。

「入船代の取り立てが出来ぬ、だと」

立ち上がったのか、障子に堯之進の影が映《うつ》った。

歩み寄って腰付障子を開けた堯之進が、

「どこだ。皆が集まっている座敷は」

酒臭い息を吐きながら問うた。

「案内する。一緒に来てくれ」

ついてこい、というように顎をしゃくって館野が歩きだした。西尾がつづく。堯之進が、ふう、と溜息をついて気乗りしない顔つきで足を踏み出した。

たまに賭場《とば》を開くときに使う広間に、皆が集まっていた。武士と遊び人がほぼ半数、総勢五十人余といったところか。

上座に坐った尭之進の左右に、館野と西尾が控えている。上座と向かい合っているとはいっても整然と居並んでいるとは言い難《がた》い、いかにも規律が乱れている一群といった有り様で一同が座していた。

「それでは新大橋のたもと近くの岸辺に急拵えの船着き場が出来ているというのだな」

問うた尭之進に西尾が、

「いつものように、おれは仙台堀は上ノ橋下で入船代の取り立てにあたっていた。九つ（午前零時）少し前から、ぷっつりと舟が入って来なくなった。おかしい、とおもったので大川のほうを見ていると、猪牙舟が三艘ほど仙台堀を通りすぎて小名木川の方へ漕ぎ上がっていく。猪牙舟には、あきらかに深川に遊びに来たとおもわれる大店の主人風の五十がらみの男が乗っている。それで何かある、とおもって権次《ごんじ》を舟から下ろして、土手から通りへと猪牙舟の後を追わせたのだ」

目線を襖のそばに坐った権次に走らせて告げた。

「権次、見てきたことを話せ」

胡座《あぐら》をかいていたが、あわてて坐り直して権次が話し始めた。

「猪牙舟の後を追っていくと新大橋の下へ入っていきます。それで新大橋の土手へ下りてみると、杭の上に厚板を打ちつけただけの急拵えの船着き場が二本、川に向かって突き出ています。猪牙舟は船着き場の左右に合わせて四艘、接岸しておりやした」

「その船着き場、認許を得て造ったのであろうか」

問うた堯之進に権次が応えた。

「まだやっている屋台の蕎麦《そば》屋がありましたので、話を聞いてきやした。船着き場造りの作業には、着流し巻羽織の役人が立ち合っていたそうで」

「ということは、町奉行所が公に認めた船着き場ということになるな」

そういって黙り込んだ堯之進に、館野が声高にいった。

「どうする。あのあたりには御舟蔵に灰会所、新大橋の向かいには御籾蔵《おもみぐら》と公儀の御蔵が集まっている。皆が寝静まった頃合いを見計らって、密かに船着き場を壊しにいくわけにはいかぬぞ。それぞれの御蔵には寝ずの番がいる。見つかったら面倒だ」

面倒臭そうに堯之進が応えた。

「わかっている」

「わかっているでは困る。五十人余の大所帯だ。入船代が取り立てられなくなると、干上《ひ》がることになるぞ」

がなり立てた館野を、じろり、と見やり、堯之進が吐き捨てた。

「何でもかんでも、おれまかせか。館野、たまには自分の頭を使え。増えた頭数は減らせばよい」

「頭数を減らせ、だと」

吠えたてた館野の一声に、不満げな一同のざわめきが重なった。

「そう簡単にすむことか。皆、仲間だぞ」

そういって睨みつけた。

館野から眼をそらし堯之進が告げた。

「いまは、よい知恵が浮かばぬ。とりあえず明日も入船代の取り立てに出かけろ。西尾、おまえはおれと付き合え。旗本仲間二十人ほどで、明晩、河水楼へ繰り込む」

「河水楼へ。主人の藤右衛門は、深川有数の顔役。先だっても大店の主人らしい男の身代金百両と入船代を立て替えつづけた腹の据わった男だ、殴り込むには、それなりの覚悟がいるぞ」

にやり、として堯之進がいった。

「殴り込むとはいっていない。大金を儲《もう》けさせてもらったのだ。酒宴を開き派手に騒いで、多額の酒代を払ってやろうとおもっているだけだ」

身を乗りだして館野がいった。

「そういうことなら、おれも行くぞ。まさか、おれを仲間外れにするつもりではなかろうな」

「好きにしろ」

欠伸をして堯之進が、つづけた。

「もう夜も更《ふ》けた。おれは眠い。これにてお開きとしようぜ」

返答も聞かず立ち上がった。


土手の柳が常夜灯の明かりに映《は》えて緑の葉々を風に揺らしている。点々と燦《きら》めいているようにみえるのは、夕方降った俄《にわか》雨の水滴なのだろう。

いつもは茶屋や局見世に遊びに来る豪商や忍び姿の武士、僧侶の乗った猪牙舟が川幅いっぱいに溢《あふ》れて行き来する十五間川には、川岸の舫杭に繋留された茶屋の持ち舟がちらほらと見えるだけだった。

が、馬場通りは遊客たちで賑《にぎ》わっていた。客を乗せた辻駕籠が何挺も通りすぎていく。辻駕籠の数はつねの倍、いやそれよりも多いのかもしれなかった。

茶屋の軒下には紅色《べにいろ》の酸漿提灯《ほおずきぢょうちん》が連なって華やかさを誇っている。

三味線や太鼓の音、芸者の唄う常磐津《ときわず》が、あちこちの茶屋から洩れ聞こえてくる。

いま深川の遊里は賑わいのさなかにあった。門前仲町の河水楼も、いつも通りの賑わいをみせていた。

が、その河水楼の裏口から血相変えて飛び出していった男がいた。政吉であった。

政吉は、藤右衛門から、

「戸田尭之進ら深川水軍の面々二十人ほどが繰り込んできた。『金に糸目はつけぬ。深川の岡場所で板頭《いたがしら》を張ったことのある芸者を集められるだけ集めてくれ。できるだけ若いのがいい』と注文をつけて酒宴が始まった。とりあえず大滝さまにこのことをお知らせしたほうがいいだろう。出張ってくるには及びませぬが、お耳に留めておいてほしい、と伝えておくれ」

といわれて鞘番所へ向かったのだった。

ひた走る政吉の気色ばんだ様子とは裏腹に、通り道の局見世では遊女たちが遊びにきた男たちの袖を摑み、あらんかぎりの色気を振りまいて見世に引きずり込もうとしている。そんな遊女と客のやりとりも眼に入らない様子で政吉は突っ走っていった。

河水楼の座敷では上座にある堯之進と左右に位置する館野、西尾を中心に旗本たちが居流れていた。それぞれの前に酒肴を並べた高足膳が置いてある。

数十人ほどの芸者や男芸者が酌《しゃく》などをし、宴を取り持っている。なかにお紋の姿もあった。

突然、館野が立ち上がった。一人の女を指さして、声高にいった。

「そこの芸者、お紋とかいったな」

酌をしていたお紋が愛想笑いを浮かべて振り向いた。深川の羽織芸者独特の出で立ち、黒色の羽織を身につけている。

「あたしに何か」

「お紋、喜べ」

居丈高《いたけだか》に館野が告げた。

「喜ぶ？　何を嬉しがれというんですかい」

訝《いぶか》しげにお紋が問うた。

「ここに居《お》られる深川水軍の総帥、戸田堯之進殿がお紋、おまえをえらく気に入られてな。身請けしようと仰有ってるのだ。身請けの相談などしたい。抱え主を呼べ」

有無《うむ》をいわせぬ口調で館野がいった。

「あたしは自前の芸者。身請けのなんのと面倒くさいこととは無縁の、抱え主なし、誰に縛られているわけでもない、白出気儘の身の女なんでさ」

「自前の芸者だと。どうすれば身請けできるのだ」

ふっ、と鼻先で笑ってお紋が応えた。

「身請けなんか出来るはずないじゃないか。自前、でお座敷に出てるんだ。稼業だからこの宴席に出てるんだけど、自分の勝手で引き上げることだって出来るんだよ、自前の芸者は。早くはっきりさせといた方がいいからいうけど、身請けなんか金輪際《こんりんざい》お断りだね」

「何だ、その口の利《き》き方は。芸者風情《ふぜい》が武士にいうことばか」

怒りを露わに館野が近寄り、お紋の手を摑もうとした。その手を邪険に振り払い、

「帰らせてもらうよ」

立ち上がったお紋を、

「天下の旗本を愚弄するか」

吠えるや館野が蹴り飛ばした。

よろけたお紋が耐えきれず倒れ込んだ。

「何すんのさ」

　顔を上げてお紋が館野を睨みつけた。

「お紋、おれが気に入らぬか」

　坐ったまま堯之進がお紋を見据えた。眼が坐っている。

　見返してお紋がいった。

「気に入るも入らぬも会ったばかりで何もわからないじゃないか」

「もう一度聞く。おれが嫌いか」

　坐り直してお紋が応えた。

「つまらないことを何度も聞かないでおくんなさいよ。あたしにゃ、自分の有り金全部積んで、この世に〈押しかけ身請け〉というのがあるのなら、この金で、あたしを身請けしておくれな、と頼み込みたいほど思い焦《こ》がれているお人がいるんだ。惚《ほ》れたお人しか、いまのあたしの眼中にはないんだよ」

「惚れた男の名をいえ」

　ねちっこい堯之進の口調だった。

「客と芸者というかかわりだけのあんたに、惚れた男の名をいう義理はないよ」

　きっぱりとお紋が言い切った。

「痛い目にあいたいのか。いわぬと痛い目にあうぞ」

目を細めて堯之進が凄んだ。

「あたしゃ深川の羽織芸者だよ。いったん口に出したことを引っ込める気は、さらさらないのさ。やれるものならやってみな」

「いい度胸だ。やれ」

酷薄な笑みを浮かべた堯之進が館野に顎をしゃくった。

にやり、と厭味な笑みで応えた館野が、腰から大刀を鞘ごと抜き取った。

いきなりお紋の背中を鞘で打ち据えた。

呻いたお紋があまりの痛みに畳に手を突いた。

その背にさらに館野が鞘の一撃をくれた。大きく呻いたお紋が這って逃れようとした。その着物の裾を踏みつけ、お紋の背にさらなる一撃をくわえようとしたとき、

「お待ちください。わたしが、わたしめがお紋姐さんの想い人の名をお教えします」

怯《おび》えて一隅に集まっていた芸者たちのなかから男芸者がすすみ出た。

「早く、いえ」

冷えた口調で堯之進が問うた。

「いっちゃいけない。いわないでおくれ」

必死にお紋が叫んだ。

「黙れ」

鞘で館野がお紋を打ち据えた。

激痛にのけぞったお紋が這いつくばった。

「いいます。いうから乱暴は止めてくださいまし」

男芸者がわめいた。

「いえ」

再度、堯之進が促した。

「お紋姐さんの思い人は深川大番屋支配の大滝錬蔵さま」

「何っ、深川大番屋支配の大滝錬蔵だと」

盃を置いて堯之進が立ち上がった。

「硯《すずり》と紙を持ってこい。『お紋の身柄は預かった。迎えに来ぬときは、お紋を深川水軍の砦《とりで》こと戸田家の別邸に連れて行き、慰み者にして乱暴狼藉の限りを尽くす所存』との書付をしたため大滝錬蔵に送りつけるのだ」

そのことばに館野が応じた。

「おもしろい。男芸者、早く硯と紙を持ってこい」

近寄るや男芸者を蹴り飛ばした。

「痛っ。わかりました」

跳ねるように立ち上がるや男芸者は座敷から飛び出していった。痛む肩口を押さえて、お紋が無念げに下唇を嚙《か》んでいる。

駆け下りて来た男芸者が、帳場にいた藤右衛門に事の仔細《しさい》を話していたとき、政吉が飛び込んできた。

気づいた藤右衛門が呼びかけた。

「大滝さまは」

「『何か起こるかもしれぬ。役に立たぬかもしれぬが河水楼に居たほうが、よかろう』といわれて、すぐにおいでになります。あっしは、そのことを知らせようと走ってきたんで」

そういって振り向いたとき、表戸を開けて着流し巻羽織の錬蔵が入ってきた。

「大滝さま、お紋が大変なことに」

立ち上がって藤右衛門が声をかけた。

「お紋が？　お紋がどうしたというのだ」

その場のただならぬ気配を察して、錬蔵が藤右衛門に歩み寄った。

座敷にもどった男芸者に館野が声をかけた。

「紙と硯を持ってきたか」

「へい、それが」

おずおずと男芸者が廊下を振り向いた。廊下から錬蔵が姿を現した。

「呼び出し状をお書きになる必要はございませぬ。深川大番屋支配、大滝錬蔵、幸いにも、見廻りの途上、河水楼に立ち寄り事の顚末《てんまつ》を当家の主人より聞き、罷《まか》りこしました」

堯之進が錬蔵を見据えていった。

「どうする」

「どうする、とは」

応えたとき、お紋が錬蔵に声をかけた。

「大滝の旦那、帰って、帰ってください。あたしゃ、どうなってもいい。ここにいちゃ命にかかわる」

「余計な口出しはするな。おれは大滝と話をしているのだ」

鋭い堯之進の眼差しに気圧《けお》されて、お紋が息を吞んで黙り込んだ。

「どうする、大滝」

「まずは座敷に入らせていただきます」

大小二刀を腰から抜き取り、座敷に入った錬蔵はお紋を背にして座した。両刀を右脇に置く。

顔を上げて堯之進を見やり、告げた。

「お紋は、私にとって、かけがえのない大事な女。お紋の代わりに私が折檻《せっかん》をうけましょう。ご存分に」

と深々と頭を下げた。

「大滝の旦那」

腰を浮かせたお紋を錬蔵が横目で制し、首をわずかに横に振った。

ふたりを無言で堯之進が見据えている。

「おもしろい。不浄役人め、息の根が止まるまで打ち据えてやるわ」

鞘を振り上げ、館野が錬蔵の背中を打ち据えた。

二発、三発打ち据えられても錬蔵は微動だにしなかった。

「おのれ。呻き声ひとつあげぬとは、したたかな奴め」

鞘を館野がさらに大きく振り上げたとき、

「止めて。止めておくれ」

　立ち上がったお紋が錬蔵に駆け寄ろうとした。

「邪魔するな」

　素早い動きで館野が、お紋の脇腹に鞘の鐺《こじり》を情け容赦なく突き立てた。

　大きく呻いてお紋がその場に崩れ落ちた。

「お紋」

　呼びかけ、わずかに腰を浮かせた錬蔵の背に、館野が再び鞘の一撃をくれた。

　歯を食いしばって錬蔵は耐えた。耐えながら横目でお紋を見た。突かれたところが悪かったのかお紋は身動きひとつしていない。

　目を血走らせた館野が、さらなる鞘の打擲《ちょうちゃく》を錬蔵にくわえた。

　奥歯を噛みしめて錬蔵は耐えた。

　打たれながら再び錬蔵はお紋を横目でみた。

　呼吸もしていないようなお紋の様相だった。

　間断ない鞘の一撃に、錬蔵は不覚にも微《かす》かに呻きを洩らした。

「やっと痛みを感じたか。しぶとい奴め。打って、打って打ちまくり、息の根を止めてくれる」

息づかいも激しく館野が鞘を振り上げ、振り下ろした。
しかし、その後は、相次ぐ打擲にも錬蔵は呻き声ひとつ洩らさなかった。
そんな錬蔵を堯之進が凝然と見据えている。

四章　謀計奇計《ぼうけいきけい》

一

「止《や》めろ。くだらん」

突然、吠えた戸田堯之進に、大刀を鞘ごと振り上げた館野亀次郎が動きをとめた。

「何がくだらんのだ」

血走った眼で館野が堯之進を見据えた。

「くだらんが悪ければ、みっともないとでもいおうか」

「みっともないだと。どういう意味だ」

肩で息をして振り返った館野が、堯之進に歩み寄った。

「わからんのか」

そういって堯之進が大袈裟に溜息をついた。しげしげと館野を見つめて、つづけた。

「こ奴を、不浄役人めを、この上、殴りつづけても、おぬしが疲れるだけだといっておるのだ」

「疲れるだけだと。げんに不埒《ふらち》な不浄役人は這いつくばって」

見やった館野が驚愕に息をのんだ。

姿勢をただして座した錬蔵が、そこにいた。息ひとつ乱していなかった。

「こ奴、小癪《こしゃく》な」

憤怒を漲《みなぎ》らせた館野に、堯之進が呆れ果てたように、告げた。

「まだわからぬか。未熟者めが」

「未熟だと。堯之進、口が過ぎるぞ。おぬしはたしかに柳生新陰流《やぎゅうしんかげりゅう》免許皆伝の腕前だ。が、おれも目録の腕。木《こ》っ端《ぱ》役人に遅れをとるとはおもわぬ。暴言を詫《わ》びろ」

「詫びろ、だと。馬鹿なことを。おぬしの眼はただの節穴だ」

「おれの眼が節穴だと。ますますもって暴言、許せぬ」

「不浄役人が呻き声を発したは、お紋が鐺《こじり》で突かれたときだけだ。それ以外は、打たれるたびにわずかに躰をずらして見事に急所をはずしている。幾《いく》ら打擲《ちょうちゃく》しても殴り殺すことは出来ぬ。その前に館野、おまえが疲れ果て、息切れして倒れ込むは必至。見苦しき様《さま》をさらす前に止めてやったのだ。武士の情け、ありがたくおもえ」

「武士の情け、だと。おのれ、いわせておけば無礼千万」

大刀の柄《つか》に館野が手をかけた。

「おれを斬る気か。おもしろい。おれは脇差で十分だ。仲間とはいえ手加減はせぬぞ」

小刀の柄を堯之進がつかんだ。

柄から手を離した館野が顔を背《そむ》けて、いった。

「名だけとはいえ、おぬしは深川水軍の総帥様だ。斬る気はない」

ぎろり、と館野が錬蔵を睨みつけた。

「小賢しい不浄役人め。斬り殺してくれるわ」

大刀を引き抜いた館野に堯之進が声をかけた。

「不浄役人とはいえ一応は武士だ。無礼討ちにすれば咎められることになるぞ。この場にいるのは仲間である我らだけではない。芸者、男芸者たちもいる。皆殺しにして口を塞《ふさ》ぐわけにはいかぬ。言い逃れはきかぬぞ」

「おのれ、どうしろというのだ」

「館野、おぬしにも武士の面目があろう。抜いた刀を、何もせず、すごすごと鞘に納めるわけにもいくまい。果たし合いでもするか」

「果たし合い、だと」

「そうだ。不浄役人と真剣でやりあうのよ。先に刀を抜いたのだ。異論はないな」

「異論などない。見事、斬り捨ててみせる」

片手で館野が大刀を打ち振ってみせた。

「大滝、とかいったな。聞いての通りだ。果たし合い、受けるか。受けるなら、そこに置いた大刀を手にとれ。他の者には手出しはさせぬ。これは一対一の野試合でもあるからな」

ちらり、と錬蔵が堯之進に目線を走らせ、

「野試合でござるか。ならば、お受けいたす」

と畳に置いた大刀を手に取った。腰に差す。大刀を抜きはなって八双に置いた。

「鉄心《てつしん》夢想《むそう》流《りゅう》、大滝錬蔵。血をみるは好まぬ」

構えた大刀を峯《みね》に返した。

それを見た館野の顔面がみるみるうちに紅潮し怒張した。

「おのれ、愚弄するか。容赦はせぬ」

上段から斬ってかかった。

わずかに身を躱《かわ》した錬蔵が袈裟懸けに大刀を振った。

骨の折れる鈍い音がし、館野の手から大刀が落ちた。

畳に倒れ込んだ館野は、折れた右腕を左手で押さえて激痛にのたうった。

「おのれ」

「許さぬ」

大刀に手をかけた西尾七三郎や旗本たちを堯之進が一喝し、

「手出しはさせぬ、と約束した。館野をやられた恨み、どうしても戦うという者があれば、おれが相手になる。かかって来い」

大刀を引き抜いた。

その剣幕に西尾らが大刀の柄から手を離した。

痛みに喘《あえ》ぐ館野を見下ろし、堯之進が吐き捨てた。

「大滝はいずれ戦わねばならぬ相手。それゆえ剣技のほどを見極めようとおもうていたが、一太刀も交《まじ》えず敗れ去るとは見下げ果てた奴、情けないにもほどがある」

無言で成り行きを見やっていた錬蔵が大刀を手にしたまま告げた。

「見られた通り利き腕の骨を折った。手当が遅れれば向後《こうご》、右腕が使えなくなる恐れがある。速《すみ》やかに手当されるがよかろう」

鋭く錬蔵を見据えた堯之進が、居流れる西尾たちに目線を走らせて吠えた。

「引き上げる。誰か館野を町医者に担ぎ込め」

いうなり、座敷から出ていった。館野や仲間の旗本たちを見向きもしなかった。西尾が怒鳴った。

「戸板だ。誰ぞ帳場へ走って戸板を借りて来い」

数人が帳場へ走った。

大刀を鞘に納め、小刀を腰に差した錬蔵は、お紋の傍らに、芸者や男芸者たちをかばうように立っていた。大刀の柄に手をかけ、目線を油断なく旗本たちに注いでいる。

戸板に館野を乗せ、旗本たちが立ち去ったのを見届けた錬蔵は、芸者たちを振り返った。

「深川水軍の者たちは引き上げた。座敷から出てもよいぞ」

芸者のひとりが声をかけた。

「あの、お紋姐《ねえ》さんは」

「おれがこの家の主人《あるじ》と計らって面倒をみる。おもわぬ災難、疲れたであろう。帰って休むがよい」

笑みを含んで応えた。

芸者たちが座敷から出ていった。一人残った錬蔵は、横たわるお紋の傍らで片膝をついた。両腕でお紋を抱き上げ、ゆったりとした足取りで歩きだした。

帳場には藤右衛門が坐っていた。

お紋を抱えてやってきた錬蔵をみつけて立ち上がる。歩み寄ってきて、いった。

「奥の座敷に床を敷いてあります。政吉を町医者を呼びに走らせました。おっつけ医者を連れて戻ってきましょう。まずはお紋を床に横たえるが先でございます」

「心遣い、すまぬ」

「なんの。お紋は深川にはなくてはならぬ売れっ子芸者。座敷に出られぬとなっては深川にとっては大損でございます」

笑みを含んでいった藤右衛門が先にたって、帳場の奥の座敷へ向かって歩きだした。お紋を抱いた錬蔵がつづいた。

二

夜半過ぎから降り出した雨は、いまだに止む気配がない。さっき明六《あけ》つ（午前六時）を告げる時の鐘が鳴り終わったばかりだった。

梅雨《つゆ》の季節だというのに晴れたり曇ったりの日々がつづいている。

いわゆる空《から》梅雨であった。

空梅雨は蒸し暑い、と相場が決まっているが、今年は違った。暑さ寒さの差が激しく、春先の気候にもどったかとおもうと、翌日は蒸し暑い一日になる。

「あまりの寒暖の差に、あちこちの長屋では体調を崩して寝込む老人も出る始末だそうで」

と安次郎が聞き込んできていた。

そのことは見廻りに出た錬蔵も感じている。通りを往き来する町人たちのいずれもが疲れ切った顔をしていた。

（やっと梅雨らしくなった。長雨になってくれればよいが）

壁によりかかって、聞こえてくる雨音に耳を傾けながら、錬蔵はそう願っていた。

雨が降れば蒸し暑さも多少は緩和される。これまでより過ごしやすくなるのはあきらかだった。

が、それだけではなかった。錬蔵には、

〈どうにもならぬ支配違いの壁〉

に守られた旗本たちを、

〈どう取り締まるか〉

決定的な手立てがみつからぬまま、思案投首の日々がつづいていた。

雨が降りつづけば深川水軍も入船代の取り立てには出張ってはこないだろう。雨は好きではないが、今は、降ってくれたほうがありがたい。それが錬蔵の偽らざるおもいであった。

河水楼の帳場の奥の座敷に敷いてあった床に、錬蔵は気を失ったままのお紋を横たえた。ほどなくして、政吉とともに町医者がやってきた。

町医者はお紋の脈をとり、

「心《しん》ノ臓《ぞう》の動きが乱れております。突かれたところが急所に近かったようですな」

と誰に聞かせるともなくいい、錬蔵に顔を向けた。

「道々、政吉さんから聞きましたが、大滝さまも手酷《てひど》い目にあわれたそうで」

と持ってきた薬箱から、傷と腫《は》れに効用のある膏薬《こうやく》と飲み薬をとりだした。

両肌脱《もろはだぬ》ぎとなった錬蔵の背に膏薬を貼り付け、一日朝晩二度、薬を服《の》むように告げた。

その後、一刻（二時間）ほど脈などをとってお紋の様子をみていたが、

「心ノ臓が正しく動き出しています。ほどなく目覚めるはず」

と告げた。

それから半刻（一時間）後、お紋が目覚めた。気がついたお紋に町医者は煎《せん》じておいた痛み止めと傷の薬を服ませた。正気づいても、まだお紋の意識は混濁しているようだった。ぼんやりと焦点の定まらぬ目で天井を眺めていたが、すぐに目を閉じ、穏やかな寝息をたてはじめた。

その間、錬蔵は世話をやくでもなく、藤右衛門からお紋を看病するよう命じられた仲居が、町医者の指示を受けながら介抱する姿を見やっていた。が、錬蔵がお紋のそばから離れることはなかった。

町医者はお紋が、再び寝入ったのを見届けて、

「もう心配ないとおもうが、何かあったら呼びに来てくだされ。すぐまいります」

と錬蔵や藤右衛門に告げて引き上げていった。

やがて仲居がお紋のそばに坐ったまま転《うた》た寝《ね》を始めた。錬蔵は、

「おれが寝ずにそばについている。休むがよい。介抱してもらわねばならぬときは声をかける」

と遠慮する仲居に微笑みかけた。

働きづめで疲れていたのであろう。自分の寝ている座敷の場所を錬蔵に教え、

「おことばに甘えさせていただきます」

と仲居は出て行った。

一人部屋をあてがわれているところをみると、河水楼の仲居頭とおもわれた。

そのまま柱にもたれかかって錬蔵は、明六つの鐘の音を聞いている。

聞いた後、どうやら寝入ってしまったらしい。

「旦那」

と呼びかける声が聞こえた気がした。その声は、患ってでもいるのか弱々しい声音で、遙《はる》か彼方から聞こえてくるようにおもえた。

「よかった。無事で、ほんとによかった」

涙まじりの声がつづいた。

(聞き覚えのある声)

ぼんやりとした意識のなかで錬蔵は声の主を探った。

(お紋だ)

そう覚った錬蔵は、ゆっくりと眼を見開いた。

床のなかで、気丈にもお紋が半身を起こして錬蔵を心配げに見つめていた。

おもわず微笑みを浮かべて錬蔵が問うた。

「少しは動けるようになったようだな」

「あたしの無鉄砲が旦那まで巻き込んじまって、何とお詫びしていいのか」

伏し目がちにいってお紋が肩を落とした。

「心配ない。剣術の修行で殴られることには慣れている。それに館野とやら、日頃の鍛錬を怠っているせいか叩く力が思いの外《ほか》、弱かった。殴る音だけは派手だったがな」

笑みを含んで錬蔵がつづけた。

「お紋こそ、大丈夫か。鞘《さや》の鐺《こじり》で突かれたのだ。膏薬を取り替えてくれた河水楼の仲居が、青黒く痣《あざ》が残っていて腫れている、当分、痣は残るかもしれない、といっていたが」

「お腹の青痣なんて色気なしだね。旦那にゃ見られたくない。恥ずかしいよ」

はにかんだ笑みを浮かべた。いつもの艶《あで》やかな様子は影をひそめ、年の割に邪気のないお紋が、そこにいた。

無言で錬蔵が見つめている。

「厭《いや》だよ、旦那。そんなに見ちゃ」

袂《たもと》で顔を覆いかけたお紋が動きを止めた。

しげしげと錬蔵を見つめて、訊いた。

「旦那、まさか、一晩中、あたしに付き添ってくれてたんじゃ」

「そうだ」

目を輝かせてお紋がいった。

「ほんとかい」

弾《はず》んだ声音だった。お紋はつづけた。

「ほんとに、一晩、ずっと、あたしのそばに」

「夜半過ぎまで仲居がいてくれた。膏薬の貼り替えが終わったので引き上げてもらった」

「その後は、旦那、眠らずに」

「明六つの鐘を聞くまでは、な。どうも、その後、うとうととしたらしい。お紋の呼びかける声で目覚めた」

「嬉しいねえ。旦那が、付き添ってくれるんだったら、何度、鞘の鐺で突かれたっていいよ。こんなことってあるんだね」

苦笑いして錬蔵が応じた。いつもの調子に戻ったかにみえるお紋に、錬蔵のなかに安堵のおもいが生まれていた。その安堵が錬蔵を軽口にした。

「それは困る。おれは出来れば御免蒙《こうむ》りたい。鞘で殴られるより、殴られないほうがいい。これでも生身の躰だ」

「たしかに。何度も鐺で突かれたら、あたしも躰中が青痣だらけになっちまう」

屈託なさそうにお紋が笑った。

「その調子なら、心配はなさそうだ。そろそろ引き上げるか」

脇においた人刀に手をのばした。

「もう少し、そばにいてくださいな。せめてお医者さんがもう一度、診《み》にきてくださるまで。この通り」

胸の前でお紋が手を合わせて錬蔵を拝んだ。

「そうだな。なら政吉に医者を呼んできてもらおう」

立ち上がった錬蔵を恨めしげに見やって、お紋がいった。

「そんなすぐに呼ばなくたっていいじゃないか。つれないねえ」

微笑んだ錬蔵は戸襖へ歩み寄った。

廊下へ出た錬蔵は目を見張った。

政吉や富造、男衆たちが柱にもたれて坐っていた。土間で立ち番をしている男衆もいる。

薄目をあけた政吉が錬蔵に気づいた。

「旦那、どうしやした」

立ち上がって近寄ってきた。

「万が一にもあるかもしれない深川水軍の夜襲に備えての張り番か」

問うた錬蔵に政吉が応じた。

「主人《あるじ》のいいつけで。用心するにこしたことはない、ただし、怪我人が眠っている、警戒の気配を察しられないように慎重に動け、と念を押されておりやす」

「すまぬが医者を呼んで来てくれ。お紋が目覚めた。様子はだいぶいいようだが、とりあえず医者に診てもらったほうがいいだろう」

「すぐ呼びにいきやすが、主人が旦那と朝飯を共にしたい、といっておりやした。引き上げるのは、その後ということにしておくんなさい。何で引き留めなかった、とあっしが怒られます。怒られるのは苦手で」

と政吉が頭を掻《か》いた。

「引き上げるのは、藤右衛門と朝餉を食してからにしよう。悪いが、いろいろと手配りをしてくれ」

「わかりやした。まず主人に旦那が起きられたことを伝えやす。隣の座敷で休んでおられますんで、じき終わります。それから板場へ朝餉の支度を頼んで、医者を呼んできやす」

「頼む」

「あっしからも頼みたいことがありやす」

「何だ」

「医者が来るまで旦那に、お紋姐さんのそばにいていただきたいんで。お紋姐さんが『有り金全部はたいても、押しかけ身請けしてもらいたいお人がいるんだ』と啖呵《たんか》を切ったのが事の起こりだ。あっしゃ、それはお紋姐さんの、嘘偽りのねえ、心底からのことばだとおもいやす。ですから、旦那がそばにいてくださることが、お紋姐さんにとっては一番の良薬だと、あっしは、そう、おもいやす」

小さく政吉が頭を下げた。

どう応えていいものか、錬蔵の面《おもて》には、かすかな当惑と途惑いがみえた。

うむ、と首をひねって政吉に眼を向けた。

「良薬といえるかどうかわからぬが、お紋のそばにいることにしよう」

「主人との朝飯は、医者の診察が終わった後ということでお願いしやす」

微笑んだ錬蔵が政吉に告げた。

「そうしよう。昨日の今日だ。怪我人もいる。深川水軍の奴らも昼までは動くまい」

「梅雨葵《あおい》が綺麗。久しぶりに雨が降ったから花も喜んでいるんだね」

昼前に雨は止んだが、空にはいまだに重苦しく雲が垂れこめている。

離れの前庭に出たお里は一隅に植えられた梅雨葵の前に立っている。数十本ほどの梅雨葵がそれぞれ紅《あか》、白、紫の花をつけ、華麗さを競い合っていた。六尺（約一・八メートル）余ほどの高さのある梅雨葵の前にお里が立つと、花に埋もれているかのようにみえた。

「こんなにのんびりと梅雨葵の花を見つめたの、はじめて。ほんとに綺麗。ね、そうおもわないかい」

離れの縁側に坐って、ぐい呑み片手に柱に背をもたせかけている堯之進を振り返った。弾けるようなお里の笑顔だった。

「楽しそうだな。何が、そんなに楽しいのだ」

「そう。何で、こんなに楽しいんだろう。あたしにも、わからないよ」

憮然とした顔つきで堯之進がいった。

「みょうな奴だ。お里、おまえは、おれに拐《かどわ》かされて、いまは閉じこめられている身の上なのだぞ」

「あたしゃ茶屋で抱えられていた遊女だよ。いままでも閉じこめられてたも同然の暮らしぶりだったのさ。無理矢理、客の相手をさせられないだけでも、いまのほうが、ずっといいよ」

「おれの相手をするのは厭ではないのか。おれは、おまえの情夫《まぶ》を斬り殺した男だ」

「そう。目の前でね」

「不思議だったのは、お里、おまえの、あのときの動きだ。情夫が殺されたのに涙ひとつ見せなかった。抗うことなく、おれのいいなりについてきた。お市も、お春も逆らったので当て身を喰らわせて、この家へ運んできたのだ。なぜ涙ひとつ、みせなかったのだ」

黙ってお里が小首を傾げた。

わずかの間があった。

堯之進を見やった。

「あの人、あたしの話をよく聞いてくれたんだよ。慰めてもくれたしね。けどさ、話し相手になってくれる代わりに小遣いをせびられたんだ、ちょくちょくね。いまじゃ会う度に小銭をせびられるようになっていた。あたしも、この人は小銭欲しさにあたしと会ってるんだ、と思い始めていたのさ。呼び出されても行かなかったこともある。そのときは見世までやってきて、裏口で小銭をもらうまで立っているのさ。だから仕方なく抜け出て小銭を渡してやる。そんなかかわりがつづいていたのさ」

「嫌いになっていたのか、あの男を」

「嫌いなんて一度もおもったことはない。あたしは年貢を払うために親に売られた娘なんだ。年季が明けても故郷《くに》には帰れない。帰ったっていいこたあ、ないからね。せいぜい躰を売ってた女、女郎上がりの女と嘲《あざけ》られるだけだろうさ。年季が明けたら、下働きでもいい、堅気の仕事をみつけて、どこぞの長屋で暮らすときには、ひとりよりふたりのほうがいい。話し相手がひとりほしいと、そうおもっていただけなのさ」

黙って聞いていた堯之進が、

「梅雨葵か。気づかなかったが、よく見ると、なかなか美しい。花に気をとられるなど、いままでなかった」

「あたしもそうなんだよ。故郷を出てから毎日、無我夢中で生きてきて、この屋敷に来てから、やっと植えてある花を眺める気になれたんだ。のんびり出来るって、いいことなんだね」

笑いかけたお里に、

「このところ不思議な目にあう。昨夜は昨夜でみょうなものをみた」

「みょうなものって」

「惚れた女の身代わりになって折檻を受けた男がいるのだ。それも、ひとつ間違うと殴り殺されかねない有り様でな」

「いい話じゃないか」

「いい話、だと」

訝しげな目をお里に向け、堯之進が鸚鵡《おうむ》返しした。

「羨ましいねえ。女冥利に尽きるってもんだよ」

「お里は、惚れた男のために死ねるのか」

「死ねるよ。心底、惚れた男に出会えたらね。きっと、死ねる」

そういってお里は、こくり、と顎を引いた。念を押して自分のこころに問いかけ、自分のことばに間違いはない、との確信を得たのだろう。

「おれは、どうだろう。おれは、惚れた女のために、死ねるだろうか。女に、惚れる、か」

独り言《ひとりごと》のような堯之進のつぶやきであった。

「どうしたんだい。さっきから支度した酒には手をつけずに、ぐい吞みを持ったままでいてさ。どこか悪いのかい」

心配そうにお里が問いかけた。

ぐい呑みを置いて堯之進がいった。

「花の世話が好きなようだな。おれが寝ているとき、離れから庭に下り、井戸から水を汲んできて花々にやっていたな」

「気づいていたのかい」

うなずいた堯之進が、

「花にはくわしいのか」

「故郷じゃ暇をみつけては、村はずれの寺に出かけて境内の木々や花々の世話をしたものさ」

得意げにお里が応えた。

「ほんの気まぐれというやつだが、暇潰しに花見をするのも悪くない。花の名など教えてくれ」

立ち上がった堯之進が踏み石に置いてある草履《ぞうり》に足をのばした。

三

「朝帰りならぬ昼帰りとは御支配も恐れ入るな」

同心詰所に入ってくるなり、八木周助が一同に告げた。

文机に向かっている小幡欣作が、ちらり、と視線を向けただけで顔をもどした。松倉孫兵衛は、小袖の綻びでもなおしているのか縫い針をせっせと動かしている。溝口半四郎は壁に背をもたせかけて眼を閉じていた。

「やってられんな、まったく。おれは蚊に喰われながら中ノ堀に潜んで、深川水軍の入船代の取り立てを深更まで見張っているというのに、御支配はいくら馴染みとはいえ芸者風情のお紋の身代わりに殴られて、そのまま河水楼にお泊まりとは、いい気なものだ」

座敷の真ん中で胡座《あぐら》をかきながら八木が吐き捨て、さらに振り向いて、

「溝口、そうはおもわんか」

と声をかけた。

眼を閉じたまま溝口はことばを発しない。

派手に舌を鳴らして八木がつづけた。

「狸寝入りしているのはわかっているのだ、溝口。おれたちだけを働かせて御支配は何を考えているのだ。そうだろうが」

眼を開くことなく溝口が告げた。

「静かにしろ、八木。おれは休んでいるのだ。おまえも仮眠をとるなり、いつものように草双紙でも読め」

「いまは草双紙を読みたい気分ではない。御支配のやり口が気にくわぬ。務めに励む気がないのなら深川大番屋には必要ない。どこぞの別の役向きに変わるよう手続きをとるか、などと脅したくせに、自分は芸者風情の身代わりを買って出るとは、言語道断。芸者の身代わりに折檻を受けるのが、お務めだというのか。くだらん」

見回した八木の視線を受け止める者は誰もいなかった。小幡は書き物を、松倉は縫い物を、溝口は眼を閉じたまま同じ姿勢でいる。あきらかに八木を無視しているともわれた。そのことが八木を苛立たせた。

「芸者の身代わりに殴られるだけなら、まだいい。成り行きとはいえ、旗本のひとりと果たし合いをして、あろうことか腕を叩き折るなど実に呆れ返る。我らが見廻るときに旗本たちに、御支配の為《な》したことで因縁をつけられ、咎められたら、どうする。

我ら町方同心は旗本には逆らえぬ身分。腹立ち紛れに殴る蹴るの乱暴をくわえられても抗うことは出来ぬのだぞ。怪我、いや怪我ですめばよいが、命までをも失うことになりかねぬぞ」

姿勢を崩すことなく溝口が応えた。

「そのことはおれも、松倉さんも、小幡も、それぞれの下っ引きから復申を受けて知っている。聞けば深川水軍の総帥、戸田尭之進の肝煎《きもい》りで行われた立ち合い。遺恨が残るはずもない。まず、おれたちには災いはふりかからぬ。心配するな」

「心配などしておらぬ。ただ迷惑千万だといっておるのだ」

言い募る八木に溝口が告げた。

「務めがあるのだ。少し休め。今夜も深更まで張り込まねばならぬのだぞ」

派手に舌を鳴らして八木が吐き捨てた。

「務め、だと。おれは行かぬ。張り込みなど、せぬぞ。御支配から芸者の身代わりに折檻を受けることが、務めとどうつながるのか。納得のいく話を聞くまで、務めなどどうでもいいわい。馬鹿馬鹿しい」

突然、溝口が立ち上がった。大刀を腰に差し、つかつかと八木に歩み寄った。

「表に出ろ、八木。務めに出られぬ理由をつくってやる。腕の一本も叩き折って、貴様の腐った根性を叩き直してやる」

いうなり溝口が八木の襟首をとった。

「何をする。手を離せ。話せばわかる」

「話しあう気もない。あのとき、御支配から『深川の地に安穏をもたらすのが深川大番屋の仕事だ』といわれ、さらに『務めの中身が気に入らぬなら御奉行に配置替えを願い出てもよいが』と詰め寄られたとき、おれは深川に、深川大番屋にいたい、とおもったのだ。北町奉行所にもどってもおれの居場所はない。が、まだ深川大番屋には、おれのやるべき務めがある。人手が足りぬゆえ、おれにも出来る仕事がある、と気づいたのだ」

襟首をつかんで、座敷から板敷の間へと八木を引きずりながら、溝口が吠えた。

「離せ。手を離せ。誰か溝口を止めてくれ」

もがいた八木が溝口の手を振り払おうと手足をばたつかせた。松倉も小幡も、見向きもしなかった。それぞれ、それまでやっていたことを、手を休めることなくつづけている。

「働く気がない奴は足手まといだ。同心詰所にいる必要はない。出ていけ」

引きずった八木を、溝口は同心詰所の土間に放り投げた。

無様に土間に這いつくばった八木が声をあげた。悲鳴ともとれる声音だった。

「働く。文句をいわずに中ノ堀で張り込む。もう不満もいわぬ。勘弁してくれ」

頭を両手で抱えて八木が俯《うつぶ》せた。あまりの溝口の剣幕に怯《おび》えたのか小刻みに震えている。

板の間の上がり端に仁王立ちした溝口が怒気を含んで告げた。

「好きにしろ。しばらくは口はきかぬ。向後の務めぶりをみて、同心仲間として扱うかどうか決める」

いうなり八木に背中を向けた。足音荒く座敷へもどり、もと居たところに座して背中を壁にもたせかけ、眼を閉じた。

同心詰所のなかに、咽《むせ》び泣くような八木の激しい息づかいだけが響いている。


草むしりをする手を止めて、庭からお里が心配そうに座敷をみている。

腰付障子の開け放たれた座敷のなかで、上座にある堯之進と向かい合って、白布で腕を吊った館野と西尾が坐っていた。

「骨折とはいえ、罅《ひび》が入ったていどのこと。寝込むほどのことではなかった。打ち据えた刀に力もなかったし、その上、急所を外すとは不浄役人の腕もさほどのものではないな」

腕をさすりながら館野がいった。

皮肉な眼を向けて堯之進が応じた。

「わざと急所をはずして手加減したとはおもわぬのか。おめでたい奴だ」

「何、もう一度いってみろ」

怒りを露わに館野が腰を浮かせかけた。

「落ち着け。傷に障《さわ》るぞ」

止めに入った西尾を見て館野が坐り直した。堯之進は顔を背けている。西尾が堯之進に向き直っていった。

「入船代の取り立ては向後は難しかろう。あらたな稼ぎ場をみつけださねばなるまい。なんせ五十人からの大所帯だからな」

「同じことを二度いわせるな。膨《ふく》らんだ人数は減らせばよい。半端やくざの遊び人たちには草鞋銭《わらじせん》を渡して出ていってもらえばすむことだ」

面倒くさそうに堯之進が応えた。

「おれたちが声をかけたのだ。こちらの都合で出ていけとはいえまい。旗本としての面子《めんつ》もある」

肩をいからせた館野に西尾がことばを添えた。

「館野とふたりで話し合ったのだ。以前、新大根畑の局見世を乗っ取ろうとしたろう。あのときは、やくざどものおもいもかけぬ多勢の殴り込みにあい、しくじったが、この深川でも、その手は使えるとおもってな」

「どういうことだ」

問うた堯之進に館野が応えた。

「舟饅頭よ。おれたち深川水軍は深川の堀川を縄張りとしている」

「勝手に、そう決めただけだがな」

「そういうな。土地のやくざたちは何の文句もつけてこない。堀川の川筋は深川水軍の縄張りだと、暗黙のうちに認めているのではないのか。そうとしかおもえぬ」

胸を張って館野が応えた。

「深川では三組の舟饅頭が商いをやっている。そのうちのひとつでも乗っ取ろうというのか」

問いかけた堯之進に西尾が、

「最初は所場代をとろうと考えたんだがな。所場代ではたいした稼ぎにならぬ。で、組ひとつ乗っ取ったほうが手っ取り早い、ということになったのだ」

「深川は岡場所だ。点在するすべての遊里は、いわば御法度の埒外にあるといってもよい。新大根畑では土地のやくざが相手だった。が、此度は違うぞ。相手は深川大番屋だ。新大橋のたもと下に急拵《ごしら》えの船着き場を造ったのも深川大番屋支配の大滝錬蔵が考えついたことだろう。舟饅頭の商いも御法度から外れた稼業、大滝がどのような手立てを尽くしてくるかわからぬぞ」

鼻先で笑って館野がいった。

「あの不浄役人を買いかぶりすぎているのではないのか。何かを仕掛けてきたら仕掛けてきたときのこと。動き出さぬかぎり何事もはじまらぬ」

無言で堯之進が館野を見据えた。館野が精一杯の虚勢を張って睨み返した。

重苦しい沈黙がその場を支配した。

視線をそらしたのは堯之進だった。

「おれは気がすすまぬ。舟饅頭の一組を乗っ取りたければ勝手にやるがいい。仲間にくわわらぬのだ。おれは分け前はいらぬ」

「皆を、おれと西尾の指図に従わせていいのだな。実質的な深川水軍総帥の座はおれたちに譲るというのだな」

居丈高に館野がいった。

「かまわぬ。もとより深川水軍など口からでまかせの遊び事、総帥など名ばかりのもの、こだわる気はさらさらない。やりたいようにやるのだな。ただし、おれにとばっちりがこないようにしてくれ。おれがいいたいのは、それだけだ」

不謹慎にも堯之進が大きな欠伸《あくび》をし、ふたりを見た。

「用がすんだら引き上げてくれ。眠くなった。昼寝をしたい。横になるぞ」

その場に横たわり、肘枕をして眼を閉じた。

「邪魔したな」

「動きだけは報告する」

ほとんど同時にふたりがいい、立ち上がった。

閉じた眼を堯之進が開くことはなかった。座敷からふたりが足音荒く出ていっても、堯之進は身動きひとつしなかった。

やがて、穏やかな寝息をたてはじめた。

花々の手入れをするふりをしながら様子を窺《うかが》っていたお里は、ふたりの姿がみえなくなると廊下へ上がった。堯之進の寝ている座敷の隣室へ足を忍ばせて入っていく。

押し入れから薄い夜具を取りだしたお里はいったん廊下へ出た。腰付障子を開け放した座敷へ向かう。いったん隣室へ入ったのは、境となる戸襖を開けて、堯之進の眠りを妨げまいとする気遣いとおもえた。

足音を立てないように堯之進に歩み寄り、傍らに膝をついて、そっと夜具をかけてやった。夜具をかけたお里は、しばし堯之進の寝顔を見つめていたが、やがて、ゆっくりと立ち上がり、入ってきたときと同じように足音を忍ばせて座敷から出ていった。

安らかな寝息をたてて堯之進はぐっすりと眠っている。


夜の帳《とばり》がおりて、重なり合って重く垂れこめた雲が、空をさらに暗鬱なものに仕立て上げている。

三十三間堂《さんじゅうさんげんどう》町の遊所につらなる明かりが、闇のなかに、ぼんやりと町の形を浮かせていた。

二十間川沿いに歩いてきた安次郎は、洲崎弁天の手前にある江島橋を渡ろうとして足を止めた。

舟饅頭が商いをしている堀川を安次郎は見廻っている。今夜は、すでに三度目の見廻りであった。

四つ（午後十時）を告げる入江町の時鐘が鳴って小半刻（三十分）ほど過ぎ去って

いる。茶屋や局見世と違って、舟饅頭相手に舟の上で一泊するなど、よほどの物好きでもないかぎり、まず、ありえないことだった。そのせいか、泊まりのない舟饅頭の商いは、遅くとも深更九つ（午前零時）過ぎには店終いしていることが多い。

（四度目の見廻りでお開きとするか）

そうおもって、やってきた江島橋であった。

堀川は安次郎が知る、いつもの様子とは、あきらかに違っていた。

大和《やまと》町沿いの貯木池に数艘の猪牙舟が浮かんでいる。大和橋の向こうにも数艘の猪牙舟がみえた。

眼を凝《こ》らした安次郎は、猪牙舟の舳先近くに立つ武士の姿に気がついた。さらに視線を移すと、すべての猪牙舟に武士の姿がみえた。

猪牙舟に武士が乗っている。このところ見慣れた景色だった。深川への入船代を取る深川水軍の猪牙舟とおもえた。

ふたつの猪牙舟の群れが亀久橋へ向かっている。

突然……。

ひとつの思案が安次郎を襲った。

（深川水軍が、仙台堀からつづく亀久橋近くの川筋を稼ぎの場とする舟饅頭を狙って

動きだしたのかもしれねえ）

急ぎ足になりながらも安次郎は、町家に身を寄せてすすむことを忘れなかった。

（猪牙舟から姿をみられちゃならねえ）

との強いおもいがある。大和町の町家の切れたところを左へ折れ、いったん河岸道からはずれた安次郎は、亀久町と大和町の間の通りを河岸道へ向かった。突き当たりに亀久橋がかかっている。

堀川の見通せる通りの大和町側の町家の蔭に、安次郎は身を潜めた。

仙台堀から貯木池へつづく亀久橋あたりに、舟饅頭を乗せた舟が七艘ほど川面に浮かんでいた。

舟饅頭の舟を十数艘ほどの猪牙舟が挟み撃ちにしていた。取り囲んだ猪牙舟の舳先近くにいる旗本が棹で突いて、船頭を川へ突き落とした。

それを合図としたかのように、他の猪牙舟に乗った旗本たちが棹をふるって、船頭たちを叩き落とした。泳いで逃れようとする船頭たちを、旗本たちが棹で殴ったり、突いたりしている。執拗な攻撃だった。気絶したのか、そのまま水中に没していく船頭も何人かいた。川面へ顔を出せば棹の一撃がくわえられると知った船頭たちは、潜って難を逃れようとしているのだろう。水から顔を上げても、ほんの一瞬で再び水中に没していく。後を追うように武士たちの振るう棹が水面を叩いて、派手に水飛沫《しぶき》をあげた。

舟のなかでは、それまで交《ま》ぐ合《わ》っていたのであろう、長襦袢の前をはだけさせた厚化粧の女と、客とおぼしき男が船板に坐り込み、恐怖に顔を歪めている。

やがて、舟饅頭の舟の船頭たちの姿が見えなくなった。おそらく水中を潜りながら遠ざかっていったのであろう。猪牙舟に取り囲まれた舟饅頭の舟は流れにまかせて小刻みに揺れていた。その舟へ猪牙舟が漕ぎ寄せ、乗っていた遊び人風の男たちが乗り移った。握り慣れた手つきで櫓《ろ》を操って、ゆっくりと舟を動かした。

客と舟饅頭が恐怖に顔を引きつらせている。七艘の舟を取り囲んだ猪牙舟の群れは亀久橋をくぐり抜け、貯木池へ向かってすすんでいく。

町家の蔭から姿を現した安次郎は、やはり町家沿いに歩をすすめた。身を低くして亀久橋を渡る。

舟饅頭の舟とそれを取り囲んだ猪牙舟は、ひとつの塊《かたまり》となって要橋《かなめ》へ向かってすすんでいった。

要橋の手前を右へ折れた舟群が、木置場沿いの河岸道を航行していく。二十艘余にも及ぶ舟が水面を切ってすすんでいく様子は、吉岡《よしおか》橋の欄干の蔭に身を隠して見つめる安次郎には、さながら水軍の進撃のようにおもえた。

(深川水軍は舟饅頭の一組を乗っ取ったのだ)

まず間違いないとおもえた。

(念には念をいれねえとな)

胸中でつぶやいた安次郎は舟群の後を追うべく足を踏み出した。

四

「それでは、戸田家の別邸前の船着き場には舟饅頭の組の舟が舫《もや》われていたというのか」

問いかけた錬蔵に安次郎が応えた。

「あっしがこの眼でたしかめやした。舟饅頭たちは深川水軍の根城へ連れ込まれたそうで。すごすごと引き上げてくる客だった男を、三人ほどつかまえて聞き込みやした。三人とも『舟饅頭たちは屋敷へ連れ込まれ、あっしは遊び代をとられて、おっぽりだされた』といっておりやした」

半刻後、安次郎は深川大番屋の長屋の居間で錬蔵と向き合っている。

うむ、と呻いて錬蔵が黙り込んだ。

わずかの間があった。

顔を上げて安次郎を見た。

「藤右衛門は、まだ起きているだろうか」

「九つを過ぎたばかり。茶屋商いの男たちにとって、まだ宵の口で」

「出かける」

立ち上がった錬蔵が刀架に架けた小刀に手をのばした。

「どちらへ」

小刀を腰に帯び、大刀をつかんだ錬蔵が応えた。

「河水楼だ」

「河水楼へ。いまは、真夜中ですぜ。うっとうしい梅雨の季節。ひゅ〜どろどろ、と幽霊が現れる丑《うし》三つ時（午前二時）になろうって刻限だ。遊女の幽霊にでも会いにいくんですかい」

揶揄した安次郎の物言いだった。

にやり、として錬蔵が応えた。

「出会えるものなら一度、幽霊とやらに会ってみたいが、どうも、おれは幽霊に嫌われているらしい。いままで一度も幽霊に出会ったことがないのだ。何はともあれ、おれは藤右衛門に至急会わねばならぬ。安次郎がいう通り、茶屋商いの男にとって宵の口の刻限なら、幽霊には会えなくとも藤右衛門には会えるだろう。やくざが動き出す前に、藤右衛門に不穏な動きをせぬよう抑えてもらわねばならぬ」

「亀久橋一帯を稼ぎの場とする舟饅頭の一味とつながりのあるやくざの一家に『助けてくれ』と舟饅頭のお頭が駆け込むのはきまっている。どこへなりと付き合いますぜ」

立ち上がった安次郎に錬蔵が、

「帰ったばかりですまぬが、そうしてくれ。時と場合によっては、仙台堀と中ノ堀に張り込んでいる溝口と八木のもとへ走ってもらわねばならぬ。溝口たちに、乗っ取られた舟饅頭のお頭の家を見張ってもらうことになるかもしれぬでな」

「生まれつき丈夫にできてますんで、手酷くこき使われても、まず壊れることはありませんや」

にやり、として安次郎が応えた。

河水楼に、まだ藤右衛門はいた。

帳場の奥の座敷に錬蔵と安次郎を招じ入れた藤右衛門が、坐るなり問うた。

「大事が起きたのですな」

向き合った錬蔵が告げた。

「亀久橋あたりの川筋を稼ぎ場とする舟饅頭が、深川水軍に襲われ、女たちと舟を奪われた」

「舟饅頭が襲われたですって」

「見廻っていた安次郎が一部始終を見聞している。安次郎」

斜め後ろに控えた安次郎に錬蔵が顎をしゃくった。

うなずいて安次郎が話し始めた。

「あっしは御支配さまの命令で舟饅頭の稼ぎ場を見廻っておりやした」

一言も挟むことなく、藤右衛門が安次郎の話に聞き入っている。

語り終えた安次郎に藤右衛門が問うた。

「深川に入ってくる舟が、新大橋は御舟蔵寄りのたもとに急拵えした船着き場に着くようになった。それからというもの、入船代の取り立てがうまくいかない。で、深川水軍の奴らが新たな荒稼ぎの手立てとして、舟饅頭の商いに目をつけた。そういうことだね」

「その通りで」

顔を錬蔵に向けて藤右衛門が、

「舟饅頭の頭が、付き合いのあるやくざの親分に助けを求めると厄介ですな」

「それぞれの舟饅頭の一味が、どのやくざの一家と付き合いが深いか、調べている時《と》間《き》がないのだ。深川大番屋支配として面目ないが、知っているのなら、どの舟饅頭がどこの組とつながっているのか教えてほしいのだ」

「知らぬではありませぬが」

そこで黙り込んだ藤右衛門が、口調を変えて、つづけた。

「半月近く前、両国《りょうごく》広小路で夏の始まりを告げる夜店開きのお披露目が催され、沢山の客が押しかけました。入船代の取り立てが始まるのと時を同じくして、大川の両国橋近くに涼船《すずみぶね》を繰り出し、夏の川風を頬に受けながら、芸者衆を引き連れて酒肴を楽しむ船遊びが始まっております。入船代の取り立て騒ぎがおさまらぬ深川の岡場所からは、一艘の涼船も出せずにおります。深川で茶屋商いをする者にとって大損でございまする」

目線を錬蔵に注いで藤右衛門が告げた。

「以前、申し上げましたが河水の藤右衛門、商いの妨げになる者にたいしては鬼にも蛇にもなる男。旗本の子弟といえども、これ以上、商いの邪魔をさせる気はありませぬ」

「藤右衛門、深川の遊里は岡場所。御法度の埒外で芸者、遊女の芸、色香、躰を売り買いするところだ。騒ぎを起こしてはならぬ」

穏やかな錬蔵の物言いであった。その眼は藤右衛門に注がれている。

気を鎮《しず》めるためか、藤右衛門は静かに眼を閉じた。

しばしの間があった。

眼を見開き、藤右衛門がいった。

「そうでございましたな。大滝さまが大刀ごと抜いた鞘で打擲されている音を、隣の座敷に潜んで聞いておりました。悔しいであろう、いとも容易《たやす》く打ち倒せるであろうに、と我がことのように腹立たしくおもい、身震いしたほどでございました。支配違いの壁ゆえに遠回りするしかない、と我慢を重ねておられる大滝さまをみるにつけ、何とか力になれぬものかと気ばかり揉《も》んで。河水の藤右衛門、あやうく、いうことを聞かぬ駄々っ子になるところでしたな」

微笑んで錬蔵を見つめて、つづけた。

「亀久橋界隈で商いをする舟饅頭のお頭、たしか文吉《ぶんきち》という名だったとおもいますが、その文吉と付き合いの深い一家がふたつ、ございます。ひとつは永代《えいたい》一家。もうひとつは北木場《きたきば》一家。永代一家の親分、庄八《しょうはち》は、わたしと付き合いが深く、事をわけて話せば動きを封じることができます。北木場一家の親分、加平《かへい》は三十そこそこの売り出し中の暴れ者。子分たちにも喧嘩好きなのが十人ほどいます」

「北木場一家に駆け込むであろうな、文吉は」

問うた錬蔵に、

「おそらく明朝早々」

と首を傾げた藤右衛門が、

「いや、今夜のうちに駆け込んでいるかもしれませぬな」

とことばを継いだ。

「おれも安次郎から話を聞いて、すぐに藤右衛門を訪ねたのだ。舟から命からがら逃げ帰った手下の者たちから、舟ごと女たちを奪われたと聞いた文吉は、押っ取り刀で加平のもとへ走ったかもしれぬ」

口を噤《つぐ》んだ錬蔵が振り向いて告げた。

「安次郎。仙台堀と中ノ堀へ走り、溝口と八木に、急ぎ北木場一家に向かい、表と裏を見張れ、とおれが命じた、と伝えてくれ。出来うるかぎり目立つように張り込むのだ。一睡もせずに見張る必要はない。下っ引きたちと手分けして仮眠をとれ、とも、な」

「わかりやした」

　身軽く安次郎が立ち上がった。

「わたしも今夜のうちに永代一家の庄八を訪ね、頼まれても文吉に手を貸すな、と話しておいたほうがいいでしょうかな」

　問うた藤右衛門に錬蔵が応えた。

「いや、明朝でよかろう。この刻限だ。よしんば文吉が駆け込んできて助けを求めても、今夜のうちに庄八が動き出すことはあるまい」

「おそらく、そうでしょうな」

　不敵な笑みを浮かべて錬蔵が告げた。

「藤右衛門、実は、おれは、深川水軍の奴らに舟饅頭の商いを一日、やらせてみたいのだ」

「それは何故《なぜ》」

「深川水軍の名を名乗ろうと舟饅頭は御法度に触れる商い、旗本の子弟が加担しているはずのない裏稼業だ」

「まさか、大滝さまは」

「さっき藤右衛門のいった通りだ。夏のお大尽《だいじん》遊びにはかかせぬ、大川に涼船を繰り出しての船遊びも出来ぬ、となれば、一組が深川水軍に乗っ取られた舟饅頭稼業の同業の者たちはもちろん、茶屋や局見世などの主人たちの我慢も、限界に達するのは目にみえている。当然のことながら、頼りとするやくざの一家を取り込んでの、深川水軍相手の喧嘩沙汰があちこちで起きるは必定。その前に騒ぎの芽は刈りとらねばならぬ」

「その口振りでは何やら策をおもいつかれたようですな。お聞かせ願えますかな」

「藤右衛門に一肌も二肌も脱いでもらわねばすすまぬ策。是《ぜ》が非《ひ》でも話を聞いてもらわねばならぬ。すべて秘密裏《り》にすすめねばならぬこと、近《ちこ》う寄ってくれ」

膝行して藤右衛門が錬蔵に近づいた。

顔を藤右衛門に寄せて錬蔵が小声で告げた。

「実は、な」

聞き終わった藤右衛門がもといたところに膝で下がって、きっぱりといった。

「明朝、まず庄八を訪ね、それから足をのばしましょう。河水の藤右衛門、そのくらいの抑えはきくつもりでございます。大船に乗った気でおまかせくださいませ」

「頼りにしておるぞ、藤右衛門」

凝然と錬蔵が見つめた。

その視線を受け止め藤右衛門が笑みで応えた。


隣の座敷から聞こえてくる話に、お里は身を固くして耳を傾けていた。

「では、どうしてもお里は渡さぬ、というのか」

その声は館野のものとおもえた。

「お里はおれの身の回りの世話をさせている女。拐かしたときと、今はいろいろと違っているのだ」

応えた堯之進に西尾が食い下がった。

「見事、舟饅頭の組を舟ごと乗っ取ってきたのだ。女の数は多い方がいい。お市もお春も舟饅頭に仕立て上げて客を取らせる。お里を渡してくれ。稼ぎのためだ」

息を呑んでお里は堯之進の返答を待った。

隣室では堯之進と館野、西尾が向かい合っている。すでに小半刻近く話し合いがつづいていた。

ゆっくりと堯之進が立ち上がった。

刀架に歩み寄り大刀を手にとった。

「何をするのだ」

「刀を抜くつもりか」

ほとんど同時に声をうわずらせて、ふたりが腰を浮かせた。

ふたりを見据えて堯之進が告げた。

「夜中にいきなりやってきて『お里を寄こせ』との強談判《こわだんぱん》。おれは舟饅頭の商いとはかかわらぬ、分け前もいらぬ、といったはずだ。何度もいうが、お里はおれの身の回りの世話をする女だ。おまえらに手出しはさせぬ。それと、この別邸はおれが親父殿から気儘《きまま》に使えと貸し与えられた屋敷だ。おれがいうことが聞けぬなら、出ていけ」

大刀を抜いて、館野の眼前に突きつけた。

「すまぬ。言い過ぎた。屋敷を追い出されては舟饅頭稼業もできぬ。このままおいてくれ」

「わかった。引き上げる。いう通りにする」

声を上げたふたりはあわてて立ち上がり、腰付障子を開けて、飛び出していった。

「馬鹿め。深川大番屋の大滝が黙って見ているはずがない。必ず何か仕掛けてくるはず。しょせん遊び、本気で仕掛かってくる奴には勝てぬ」

吐き捨てながら大刀を鞘に納めた堯之進が刀架に架けたとき、隣室との境の襖が開けられ、お里が膝でにじり寄ってきた。

いっぱいに見開いた目に涙が浮かんでいる。

「泣いているのか。何が悲しい」

声をかけた堯之進を見上げて、いった。

「そばに、あたしをこのまま、そばにおいてくれるんだね」

「おれが、もういい、出ていけ、というまではな」

「それまでは、そばにいていいんだね。いられるんだね」

「くどい。おれはくどい話は嫌いだ。酒を飲む。酌をしろ」

高足膳の前で胡座を組み、ぐい吞みを手にした。

にじり寄ったお里が一升徳利を手にとった。酒をぐい吞みに注いだ。

が、満たされたぐい吞みを堯之進は、なぜか高足膳に置き、つぶやいた。

「なぜだ。館野も西尾も、物心ついてから、ずっとつるんで悪さをしつづけた仲間なのに、気の合う仲間だったのに、なんで急に、こんなにまで疎ましく感じるようになったのだ」

一升徳利を手にしたまま、お里がぼそり、と独《ひと》り言《ご》ちた。

「舟饅頭やってる女はみんな、泳ぎが達者なんだよね。お市さんやお春さん、泳げるのかね」

聞きとがめた堯之進がぐい呑みを口に運ぶ手を止め、問うた。

「舟饅頭にくわしいのか」

「あたしのお父《と》っつぁんは安房《あわ》国の海沿いの村の漁師だったんだ。あたしもお父っつぁんの手伝いをして、よく櫓を漕いだものさ。あたしと同じ村の者で、一緒に女衒《ぜげん》に買われて深川に売られた子が、舟饅頭をやらされているよ。その子も泳ぎが達者でね」

「お里は安房の、漁師の娘か」

「安房国にはお旗本の知行地がいっぱいあるね」

「おれが家の知行地も安房国のどこかだ。くわしくは知らぬがな」

ぐい呑みを口に運んだ堯之進は一気に飲み干した。ぐい呑みをお里に向けて突き出す。お里が酒を注いだ。

流し込むように飲んで堯之進がいった。

「今夜は飲みたい気分だ。酔い潰れるまで飲む、と決めた。付き合ってくれ」

「あいよ。あたしでよけりゃ、とことん付き合うよ」

一升徳利を持ち上げ、ぐい呑みを満たした。

ぐい呑みに目を落として堯之進が、ぼそり、と口走った。

「おれは、何をやりたいのだ。剣も皆伝をとった。学問も跡目を継ぐ兄より出来た。が、剣で身を立てようとおもったこともない。学問を究《きわ》めようともおもわなかった。何のために、生きているのだ」

黙ってお里は堯之進を見つめている。

一息に干して堯之進がぐい呑みを出した。ぐい呑みに酒を満たしたお里が堯之進に視線を注いでいる。眼差しの奥に気遣いがあった。堯之進の懊悩を埋めてやる手立てを、見つけだそうとしているかのようにもみえた。

無言で堯之進はぐい呑みを干しつづけた。お里も口を開くことなく酌をしている。

ふたりだけの、一言のことばも交わすことのない酒宴は、厚雲の隙間から顔をだした月が、西空に白々としらける影を落とす頃までつづいた。

五

翌朝明六つ（午前六時）、深川大番屋に編笠に着流しという忍び姿で錬蔵を訪ねてきたひとりの武士がいた。

北町奉行所年番方与力、笹島隆兵衛であった。

門番に案内させて錬蔵の長屋にやってきた笹島は、

「あくまでも忍びのおとない。長屋の一間で話せばすむこと」

と告げ、

「汚くしておりますが」

と恐縮する錬蔵に、

「かまわぬ」

といって上がり込んだ。

向かい合って座した錬蔵に、笹島が目をしばたたかせて告げた。

「今朝は錬蔵、おまえに詫びにきたのだ」

その一言で錬蔵は、

〈戸田堯之進ら深川水軍の悪事の調べ書〉

　が揉み消されたことを察知した。

「懇意にしている目付がいうことによると、御老中、田沼意次から内々のお達しがあり、〈戸田太郎左二男、戸田堯之進につき数々の悪行の噂が耳に入ろうとも、一切お取り上げなきよう。戸田太郎左直々に教導いたす旨の嘆願これあり。腹心の部下の望みにて聞き入れ候《そうろう》〉と記されていたそうな」

「いまをときめく田沼様より内々のお達し、となれば幕閣の要人といえども逆らうわけにはいきませぬな。仕方ありますまい」

　応えた錬蔵に意気消沈した様子はなかった。

「これが我ら町奉行所の与力、同心の力の限界かもしれぬ」

　むしろ笹島の方が消耗しきっていた。声音にも力がない。

「わしに手伝えることはないか」

　身を乗りだして笹島がいった。精一杯の気力を振り絞っての一言、と錬蔵にはおもえた。

「待てば海路の日和《ひより》、と申します。深川水軍の奴ばら、入船代の取り立てがままならなくなったためか、動きが浮き足だってきました」

新大橋のたもとに急拵えの船着き場を造ったことで、深川へ入る舟の数が極端に減ったこと、などを錬蔵は、かいつまんで話して聞かせた。聞き終わり笹島は、

「それはよかった。深川水軍の騒ぎ、意外と早い落着となるかもしれぬな」

と安堵を露わに顔をほころばせた。

小半刻ほど居ただけで、

「お務めがあるでな。いったん屋敷へ戻って着替えねばならぬ」

と錬蔵に告げ、八丁堀の屋敷へ帰っていった。


朝餉をすませた錬蔵は用部屋へ向かった。長屋を出るとき安次郎に、

「松倉と小幡に用部屋へ来るよう伝えてくれ」

と告げている。溝口半四郎と八木周助は北木場一家の見張りについていて、深川大番屋へはもどっていなかった。

（小者に朝餉がわりの握り飯と水を、溝口たちに届けさせねばなるまい）

明朝まで溝口たちには張り込みをつづけてもらわなければならない。

（今夜一晩で舟饅頭騒動の決着をつける）

そう決めている錬蔵であった。

「松倉です。小幡も一緒です」

廊下からかかった声に錬蔵が、

「安次郎はいるか」

「控えておりやす」

返ってきた声は安次郎のものだった。

「入れ」

戸襖が開けられ松倉、小幡が入ってきて錬蔵と向かい合った。安次郎は戸襖の近くに坐っている。

顔を向けて錬蔵が告げた。

「安次郎、小者に命じて握り飯と水を用意し、張り込む溝口と八木の一隊に届けさせろ。急げ、と伝えろ」

「その後は、どうしやしょう」

「前原に声をかけ、長屋にて待て」

「わかりやした」

立ち上がった安次郎が急ぎ足で立ち去っていく。

ふたりに顔を向けて錬蔵がいった。

「松倉と小幡は出役の支度をととのえて、おれが声をかけるまで同心詰所にて待機せよ。動き出すは、おそらく夕刻。夜を徹しての捕物になるやもしれぬ」

ふたりが息を呑み、顔を見合わせた。松倉が問うた。

「やくざたちには不穏の動きはみえませぬが」

「昨夜、亀久橋あたりを稼ぎの場とする舟饅頭の組が深川水軍に襲われた。深川水軍は舟饅頭を舟ごと奪い、根城とする戸田家別邸に引き上げていった。そのこと、安次郎が見廻りの途上、遭遇し、成り行きのすべてを見聞している」

応えた錬蔵に小幡が、

「溝口さんと八木さんは、その騒ぎを抑えるべく張り込みの任についておられるのですね」

「そうだ。事がどう動くか、おれにも読めぬ。すぐにも出役の支度にとりかかれ」

「承知」

「急ぎ手配りいたします」

強く顎を引いて松倉と小幡が立ち上がった。

用部屋を出た錬蔵は長屋へもどった。安次郎の姿はみえなかった。ほどなくして前原をつれた安次郎が帰ってきた。

表戸からつづく板敷の間に座している錬蔵をみつけて安次郎が、

「旦那、いらしたんですかい」

と驚きの声をあげた。

「まずは坐れ。話はそれからだ」

向き合って前原が座した。安次郎は前原の斜め後ろに控えている。

「御支配の長屋へ来る途中、安次郎から聞きました。昨夜、深川水軍の奴らが猪牙舟を連ねて出ていったのは、舟饅頭の組を襲うつもりだったのですな。しばらくして、数艘の小舟を取り囲むようにもどってきた奴らは長襦袢姿の女たちと客とおもえる男たちを無理矢理、舟から引きずり下ろし屋敷内へ引きずっていきました。どこぞで新たな女を拐かしてきたのであろう、とおもうておりましたが。まもなく、屋敷内から男たちだけが放り出されました。何事が起こったのか、と首を捻っておりましたが、安次郎の話で筋道が通りました」

そこで、ことばを切った前原が、首を傾げて、つづけた。

「夜目遠目ゆえ、さだかには見えませんでしたが、昨夜、舟饅頭たちを襲った深川水軍のなかに、戸田堯之進の姿がありませんでした」

「何、それはまことか」

問うた錬蔵に、

「まず見間違ってはおりますまい」

自信ありげに前原が眼を光らせた。

「なぜだ。何があったというのだ」

誰に聞かせるともなく錬蔵はつぶやいた。

黙り込む。

わずかの間があった。

突然……。

錬蔵の脳裏に堯之進の発した一言が甦った。

――一太刀も交えず敗れ去るとは情けない。見下げ果てた奴
そのままではないが、たしかに、そういう意味合いのことをいっていた。

ややあって、独り言のように錬蔵がつぶやいた。

「そうか。そういうことか」

腕も知恵も、堯之進は仲間の旗本の子弟たちのなかでは抜きんでていると、錬蔵は判じていた。

（いつのまにか仲間ではなく上下関係に似た気持が、戸田堯之進と旗本たちとの間に芽生えていたのだ。それが、いま大きくなった）

何がきっかけか、錬蔵にはわからなかった。

ただ、

（向後、いったん生じた亀裂がもとにもどることはあるまい。さらに大きくなっていくはず）

との予感が錬蔵に生まれていた。

眼を向けて錬蔵が告げた。

「前原、今日は暮六つ（午後六時）ごろより戸田家の別邸を張り込め。舟饅頭を乗せた舟が船着き場を離れたら後をつけろ。おそらく、どこぞで落ち合うことになろう」

「委細承知」

低く応えて前原が顎を引いた。

目線を流した錬蔵が、

「安次郎、藤右衛門あてに書付をしたためる。書きあがったら河水楼に届けてくれ。藤右衛門は出かけているはず。政吉など見世の者に行く先を訪ねて、一刻も早く手渡すのだ」

「わずかの時間《とき》も無駄にするものじゃござんせん」

眼光鋭く安次郎がうなずいた。


空梅雨がつづいている。

夏の陽はすでに西空に没したというのに、蒸し暑さだけが残っている。風ひとつ、なかった。

〈空梅雨土用蒸し〉

という。空梅雨のときは極暑の頃の土用の暑さがことのほか厳しい、という意味の諺《ことわざ》である。

茂森町の戸田家別邸を見張る前原伝吉は、滲《にじ》み出る顔の汗を手の甲《こう》で拭った。拭うそばから汗が噴《ふ》き出てくる。大胆にも前原は別邸のそばにかかる幾世橋の向かい側、渡り口の際《きわ》にある木置場の、山と積まれた丸太の蔭に身を潜めていた。

いまのところ別邸に動きはなかった。

（いつ動き出すかわからぬ）

凝然と別邸の船着き場を見据えながら、前原は頬を伝い落ちる汗を、ふるい落とすかのように掌《て》で拭った。

宵闇が次第に深さを増してあたりを包み込んでいく。貯木池に点在する浮島とも見紛う木置場が、水面に漆黒の影を落としていた。どこか遠くから、三味線を爪弾《つまび》く音が流れて来る。深川の遊里は、まさに宵の口であった。

五章　霞十文字《かすみじゅうもんじ》

一

竹筒を傾けて水を飲む。

生温かった。

喉もとを通ったぬるま湯に似た感触に溝口半四郎はおもわず顔をしかめた。

空を見上げる。

時折、気まぐれのように日輪が顔を出し、幾重《いくえ》にも重なった雲の後ろに姿を隠す。

坐っているだけで汗がじっとりと滲《にじ》み出てきた。昨夜、突然やってきた安次郎から伝えられた、

「北木場一家の表口を見張れ。出入りをさせぬための張り込み。表戸の前を塞《ふさ》ぐ形で堂々と張り込むのだ。張り込むのは明後日の深更八つ（午前二時）ぐらいまででよい」

との錬蔵からの指図をうけてのことであった。北木場一家の裏口は、

「これから中ノ堀へ走り、八木さんにも同じことをお伝えすることになります」

と安次郎がいっていたところをみると、

（おそらく八木が見張るのであろう）

と溝口は判じていた。

ずっと張り込みがつづいている。着替えをしていないせいか、動くたびに汗の臭いがした。

さっき八つ（午後二時）を告げる時の鐘が聞こえてきた。

戸田家の別邸のある茂森町と北木場一家のある久永《ひさなが》町は堀川をひとつはさんだ目と鼻のところにある。

旗本の身分を笠にやりたい放題の観のある深川水軍と諍《いさか》いを起こすやくざの一家があるとすればどこの一家か、と聞かれたら溝口は、

「おそらく北木場一家」

と応えるだろう。松倉ら他の同心たちも同じ見方をするはずだった。

北木場一家は、二年ほど前にできた、深川にあるやくざの一家では最もあたらしい組であった。

親分の加平は、

〈命知らずの暴れ者〉

として名を売った一匹狼のやくざだった。その加平の住まいに、深川に流れ込んできた無法者や町でごろをまいていたあらくれ者たちが少しずつ住みついて、いつのまにか組の形を成していた、という。

〈何をやりだすかわからない〉

厄介《やっかい》極まる一家であった。

朝方に血相変えた数人の男たちがやってきて、北木場一家に入ろうとした。下っ引きたちが、

「通すわけにはいかねえ。引き上げてくんな」

と行く手に立ち塞がっても、なかなか帰らない。あげく、ちょっと目を離した隙《すき》にひとりが、

「加平親分、頼みがあるんだ。文吉だよ」

とわめきながら表戸に突進した。

気づいた溝口が小者の持っていた六尺棒を奪い取り、追いかけて突きをくれた。背中を突かれ呻《うめ》いて転倒した文吉を後ろ手に縛り上げたところへ、中から表戸を開けて

加平が顔を出した。

引き据えられた文吉を一瞥《いちべつ》した加平が溝口に、

「鞘番所の旦那、いつ引き上げてくださるんで」

と聞いてきた。

「明日いっぱいだな」

「それまで足止めですかい」

凄《すご》みを利《き》かせた眼を向けてきた。溝口も凄みを利かせて応えた。

「鞘番所の牢の中と家ん中にいるのとどっちがいいか、選びな」

にやり、と皮肉な笑みを浮かべて加平がいった。

「冗談が過ぎるぜ、旦那。明日いっぱいで足止めは終わるんだな」

「そうだ」

「家ん中でごろごろしてるぜ。明日いっぱいの我慢だ」

「聞き分けのいいことだ」

「明後日になったら血の雨降らしても外へ出るぜ」

ぺっ、と溝口の足下に向かって唾を吐き捨てるなり加平が表戸を荒々しく閉めた。

表戸が細めにしか開けられていなかったので中がよくみえなかったが、溝口は表戸の左右に子分たちが長脇差を手に潜んでいるのに気づいていた。浴びせられる殺気の強さに、溝口も六尺棒を握る手におもわず力がこもったほどであった。

それ以来、何事も起きていない。文吉が、平謝りに謝ってきたので、

「此度は大目にみてやる。向後、御上の役人に逆らうことは許さぬ」

と叱って解きはなっている。

竹筒の水を飲んだ溝口は鞘番所の小者が、

〈お昼の弁当がわりで〉

と届けてくれた塩で握った握り飯を頬張っていた。嚙んで口を動かしているだけでも汗が噴《ふ》き出てくる。握り飯の塩と汗が入り混じって奇妙な味がした。

腹が空《す》いている。

が、食欲は湧かなかった。

（蒸し暑さに負けぬためにも、しっかりと腹ごしらえをしておかねばなるまい）

そうおもった溝口はふたつめの握り飯に手をのばした。

舟饅頭とおもえる女たちが商い舟に乗り込むのがみえた。

山積みされた丸太の蔭から、出来うるかぎり身を乗りだし、前原は食い入るように

見据えた。

　戸田家の別邸の船着き場から舟饅頭を乗せた舟が貯木池へ漕ぎ出していく。警固のつもりか、舳先近くに旗本の子弟が坐った数艘の猪牙舟が、舟饅頭の商い舟を囲むようにしてすすんでいった。つづいて、やはり武士を乗せた十艘余の猪牙舟が船着き場を離れた。四艘が江島橋の方へ漕ぎ出していく。二十間川へ出て、入船代を取り立てられていることを知らないで深川へ入ってきた舟を待ち受け、わずかでも日銭を稼ごうとの魂胆なのだろう。

　戸田家別邸の船着き場から、今夜、取り立てに出張る、すべての猪牙舟が漕ぎ出していったのを見届けた前原は、張り込んでいるところを離れた。

　貯木池沿いを前原はゆっくりと歩いて行く。亀井橋を過ぎて河岸道を鉤方《かぎがた》に折れて要橋へ出た。

　要橋のたもとに差しかかったとき、

「先生」

　と呼びかける声がした。前原は、かつて深川でやくざの用心棒をしていた。そのせいか、茶屋の男衆や、土地のやくざたちの多くは前原のことを、いまだに、

〈先生〉

と呼ぶ。深川大番屋の手先を務めるようになっても前原も、あえて、

〈いまは違う立場。先生、と呼ぶではない〉

などと杓子《しやくし》張った言い方はしなかった。

（相手が呼びやすければ、それでいい。親しみをもたれるのは悪いことではない）

と考えていた。

呼びかけに足を止めた前原に再び声がかかった。

「先生、こっちですよ」

声のした方を振り向くと富造が要橋のたもと近くの土手から顔を出していた。

「待っていたのか」

「お指図がありましたんで」

お指図、といったところをみると富造を寄越したのは錬蔵に違いない、と前原は推量した。誰が聞き耳をたてているかわからない。人の名は出さない方がいいに決まっている。そう判断した上で、あえて富造は錬蔵の名を出さなかったのであろう。

「乗せてもらうぞ」

「足下に気をつけてくだせえよ」

猪牙舟に乗り込んだ富造は、棹を巧みに操り船腹を乗り上げんばかりに岸辺に寄せ

た。跳び乗った前原が舳先近くに腰を下ろすと、富造は棹で土手を突いた。猪牙舟はゆっくりと水面を滑った。

猪牙舟は筑後《ちくご》橋へ向かっていた。浮島と見紛う木置場が左手にみえる。猪牙舟に乗っている前原には立てかけられた材木と丸太の山が巨大な黒い影と化して、覆い被さってくるかのように感じられた。

ふたつめの木置場を通りすぎ、筑後橋の手前を右へ折れると正面に永居《ながい》橋がみえた。永居橋の向こうからやってくる数艘の猪牙舟があった。先達をつとめる猪牙舟に着流し巻羽織の錬蔵が坐っていた。櫓《ろ》を操るのは政吉であった。つづく猪牙舟に腰を下ろしている小幡の姿があった。つらなる猪牙舟には、深川鞘番所の小者たちが手に刺叉《さすまた》や突棒《つくぼう》などの武器を持って乗っている。襷《たすき》がけの、その姿はあきらかに捕物支度だった。

猪牙舟は鞘番所には常備されていない。深川の茶屋、船宿に命じて船頭ごと借り出したものであった。

（売女《ばいた》狩りを仕掛けるのだ。安次郎と松倉さんの組は油堀から仙台堀へ入ってきて舟饅頭たちを挟み撃ちにする策、とみた）

胸中で前原はつぶやいた。

永居橋をくぐりぬけた錬蔵ひきいる猪牙舟の一群は、貯木池を右へ曲がり亀久橋へ向かった。懸命に櫓を操った富造は、その隊列の後ろについた。

大和橋を過ぎて左へ折れ、錬蔵らは亀久橋へと向かった。仙台堀へ入るや、小者たちが、かねて用意の御用提灯《ちょうちん》に灯《ひ》を点《とも》した。

行く手に舟饅頭たちの商い舟がみえた。その向こうに御用提灯を掲げた松倉ひきいる猪牙舟の一団がいた。

前後から迫る御用提灯に力なく坐り込む舟饅頭の姿がみえる。舟饅頭の商い舟のまわりを警固し、御用提灯を掲げ持つ小者たちの乗る舟群と、向かい合った猪牙舟に乗る旗本のひとりが吠えた。

「何用だ。我らは旗本の有志によって結成された深川水軍の者。支配違いで不浄役人は手を出せぬはず」

猪牙舟の舳先に位置した錬蔵がよばわった。棹を手にしている。

「売女狩りだ。深川大番屋が出張ってまいった。舟饅頭たちを拿捕《だほ》する」

「聞こえぬか。われらは旗本」

遮って錬蔵が告げた。

「旗本のはずがない。舟饅頭の商いは御法度の埒外にあるもの。身分ある直参旗本の方々が御法度を犯すはずがない。たとえ、旗本であっても名乗れば御法度の商いで稼ごうとした不埒者。断じて見逃すわけにはいかぬ。いったん捕らえて牢にぶち込み、評定所を通じて姓名、身分の照会を為す所存」

「評定所、だと」

旗本たちの顔に狼狽《ろうばい》が走った。

「虚《うつ》けめ。引っ捕らえてくれる」

棹を構えた錬蔵が正面の旗本の胸を躊躇《ためらい》なく突いた。

棹の突きをまともに受け、水中に旗本が没した。

「おのれ、許さぬ」

他の猪牙舟に乗っていた旗本が、錬蔵めがけて棹を突き出した。その棹を払った錬蔵が勢いのまま旗本の顔面を殴打した。耐えきれず旗本は水中に没した。

怯《ひる》んだ残る数人の旗本に向かって錬蔵がよばわった。

「抗《あらが》えば縄目にかける。本日は売女狩りでの出役、舟饅頭以外は捕らえるつもりはない。川に飛び込み逃げる者は追わぬ」

舟饅頭の乗った舟の船頭がわりの遊び人が水に飛び込んだ。それが合図のように、旗本たちが、遊び人たちが次々と水に飛び込んで泳ぎだした。

舟に取り残され、おびえたり、ふて腐れたりしている舟饅頭たちへ向かって、錬蔵の率いる猪牙舟の一群が漕ぎ寄せていく。泳いで逃げ去る旗本や船頭がわりの男たちには見向きもしなかった。

「ひとり、商い舟に乗り移れ。船頭をつとめ舟饅頭たちを深川大番屋へ引き立てるのだ」

棹を手に錬蔵が下知した。

舟饅頭たちが乗る舟に漕ぎ寄せた猪牙舟のなかから櫓を操ることのできる小者、下っ引きたちが次々と乗り込んでいった。

その光景を錬蔵はじっと見つめている。

その夜、下っ引き、小者を引き連れた小幡と前原、錬蔵と松倉が率いる二組が、それぞれ江島橋近く、福永橋近くでさらに売女狩りを行い、舟饅頭たちを捕らえた。安次郎は錬蔵の命を受け、溝口と八木に、

〈北木場一家の張り込みを止《や》めるよう〉

と、伝えるべく久永町へ向かっていた。

数珠《じゅず》つなぎにした舟饅頭たちを、錬蔵、松倉の組と小幡、前原の組は、それぞれ別

の道筋を、これみよがしに、ゆっくりと引き回していった。

道行く町人たちは口々に、

「売女狩りだ」

「舟饅頭が売女狩りにあったぞ」

「次に狙われるは夜鷹か局見世《つぼねみせ》の遊女たちかもしれねえ」

「明日も売女狩りがあるはず。おちおち遊女を買いにもゆけねえ、遊んでいるところへ鞘番所の捕方たちに踏み込まれたら巻き添え喰って、お縄になっちまうぜ」

と噂しあった。

二

その夜、九つ（午前零時）の時の鐘が鳴り終わった頃、十五間川は裏櫓《うらやぐら》近くの猪《い》ノ口《くち》橋のたもと下に接岸している屋形船に、相次いで三人の男が乗り込んでいった。

深更とはいえ、昼間からの蒸し暑さはつづいている。が、この屋形船の戸障子は閉め切られたままであった。艫《とも》に控える船頭が煙草をくゆらせている。屋形を振り返った船頭の顔は藤右衛門の片腕で、足抜きした遊女たちの探索、連れ戻しの役割を担う猪之吉《いのきち》であった。

猪之吉が船頭をつとめているということは屋形船の主は河水の藤右衛門とおもえた。足抜き遊女の連れ戻しを得意とする猪之吉が控えているということは、それなりの意味を含んでいるのかもしれない。

気まぐれな魚が遊びに出たのか水中から飛び出て、紅燈《こうとう》に銀鱗を紅《あか》く燦《きら》めかせ水飛沫《しぶき》をあげて川に没した。

猪之吉が煙管を咥《くわ》えたまま煙を吐き出した。

その煙が風に大きく揺らいで、薄らぎ、消えていく。

屋形船のなかで藤右衛門と三人の男が向かい合っていた。男たちのなかに文吉の姿があるところをみると、残るふたりも舟饅頭の頭とおもえた。

文吉が探る目つきでいった。

「間違いなく半月後には舟饅頭たちは返していただけるので」

「大滝さまとは、そういう約束になっております」

「どうにも合点がいかねえんですよ。売女狩りにあった遊女は吉原送りと相場が決まっている。なんで深川大番屋の御支配さまは、こんな手間暇かけたことをなされるんで」

食い下がった文吉に藤右衛門が、

「深川水軍の連中を深川から追い払うための苦肉の策と考えておくんなさいな」

「しかし、なんでまた」

「文吉さん、詮索は無用にしな。大滝さまの粋な計らいで抱えの舟饅頭を取り戻せたんじゃないのかい」

それまでの優しげな物言いとはうって変わった口調で藤右衛門がいった。

横から舟饅頭の頭が口を挟んだ。

「四《し》の五《ご》のいいなさんな、文吉さん。あたしら稼業の者は、あんたが抱える女たちが深川水軍に拐《かどわ》かされたあおりを喰って、真似事とはいえ売女狩りに付き合わされて大損だぜ。本来なら、あんたひとりで抱え女たちを取り返さなきゃならねえんじゃねえのかい」

残る年嵩《としかさ》のひとりが、さらにことばを重ねた。

「文吉、てめえの不始末をみんなで背負って、大ごとにならねえように仕組んでやったんだ。礼のひとつもいい、迷惑料のなにがしかを包むのが渡世の筋ってもんじゃねえのかい」

「そりゃ、そのとおりで」

うつむいた文吉が所在なげに腕をさすった。

「大滝さまは、深川水軍が舟饅頭を拐かしたことがきっかけで、助っ人に乗りだした土地のやくざと刃物三昧《ざんまい》、血で血を洗うことになっちゃいけねえ、ということで動かれたんだ。危ねえ遊所には人は寄りつかねえ。そのことにおもんぱかってくだすった上でのご処置よ。おれたちの商いが駄目にならねえように考えてくださったのだ。そのことを忘れちゃいけねえよ」

そういった藤右衛門に年嵩の頭がことばを継いだ。

「そんな大滝さまが、おれたちの敵にまわって本気で売女狩りを仕掛けてこられたら、どんなことになるんだろうねえ。それこそ一人残さず、根こそぎ遊女や舟饅頭たちを引っ捕らえていきなさるんだろうねえ」

「違《ちげ》えねえ。けど、大滝さまは、そんなことはなさらねえよね。河水の親方、大滝さまは、そんなお方じゃねえよね」

問うた頭のひとりに、うむ、と首を捻《ひね》って藤右衛門が応えた。

「そいつは、おれにもわからねえ。どこでどうひっくり返るか。大滝さまにその気はなくとも、おれたちのしくじりがもとで、手入れをしなきゃならねえ立場に追い込まれることになられるかもしれねえ」

そこでことばをきった藤右衛門が、じろり、と文吉に目線を走らせ、つづけた。

「思慮分別をなくし、助けてもらおうと暴れ者のやくざのとこに飛び込んで騒ぎを大きくするような馬鹿な真似をしなさぁ、大滝さまがこころ変わりをなされるようなことは、まず、ねえとおもうがね」

その場に居づらそうに下を向いて文吉が身を竦《すく》めた。

「これは」

と藤右衛門が懐から紙包みを三つ取りだした。文吉らの前に置く。

「十五両、包んである。半月間の稼ぎには足りねえだろうが受け取ってくんな」

「遠慮なくいただきやす」

紙包みを文吉が手にとった。残るふたりも紙包みに手をのばした。

同じ頃、戸田家の別邸の広間では戸田堯之進を上座に据え、左右に控えた館野亀次郎と西尾七三郎ら居流れる旗本たちが顔を突き合わせていた。

「売女狩りを仕掛けてきたか。大滝らしいな」

堯之進が含み笑った。

聞き咎《とが》めた館野が、

「何がおかしい。舟饅頭たちの用心棒がわりにと、付き添っていった旗本仲間は十五間川に飛び込み、濡れ鼠となってもどってきたのだぞ」

呆れたように溜息をついて堯之進が応えた。

「深川大番屋の牢にぶち込まれるのと濡れ鼠になるのと、どちらがいいのだ。大滝は捕らえて牢に入れ、名を聞き出し評定所へ照会するといったのであろう。捕らえられ評定所へ届け出られて親兄弟の耳に入ったらどうする。家門の恥、腹を切れ、と責め立てられることになるやもしれぬぞ」

居流れる旗本たちが、おもわず顔を見合わせた。

じろり、と咎める眼で見やって堯之進が問うた。

「それより館野、西尾、おぬしたちは濡れ鼠にならなかったようだな。舟饅頭の商いには出かけなかったのか。舟饅頭稼業の親玉は、おぬしたちふたりだ。新たに仕掛ける銭儲けだ。まさか配下の者たちまかせにしたのではあるまいな」

「いや、それは」

「それはだな」

あわてたふたりがほとんど同時に声を上げた。

「その様子では一緒に行かなかったようだな」

呆れた口調で堯之進がいった。

腕を吊った白布を撫《な》でながら館野が、

「おれは片腕が不自由な身だ。万が一にも舟が転覆したら泳ぐこともできぬ」

「何かと手配りすることがあってな。行を共にすべきだとおもったが居残って金勘定をやることにした。皆へ配る金高も割り出さねばならなかったのでな」

西尾は、意味もなく笑みを浮かべた。

「まあ、いい。舟饅頭の商いは、おれにはかかわりのないこと。好きにするがいいさ」

しらけきった顔つきで堯之進が吐き捨てた。

「そういうな。それより手っ取り早く銭の入る、よい知恵はないかな。なにせ五十人からの大所帯だ。稼がねばならぬ」

愛想笑いを浮かべた西尾が堯之進に訊《き》いた。

「前にもいったではないか。どうせ町で拾ってきた男たちだ。遊びは終わりだ、とおっぽりだせ。ごねたら刀を抜いて脅せば、すむ話だ」

腕を吊った白布のねじれをなおしながら館野が眉をひそめた。

「まだそんなことをいっているのか。声をかけたのは、おれたちだ。旗本としての面《めん》子《つ》があるではないか」

「旗本の面子か。面子にこだわるような話か」

薄ら笑いを浮かべた堯之進が、うむ、と首を傾げた。

難しい顔つきで黙り込んでいる。

しばしの間があった。

にやり、としてつづけた。

「手っ取り早い金儲けをおもいついたぞ」

身を乗りだして館野が問うた。

「どんな手立てだ」

「深川中の高利貸しのところに片っ端から乗り込んで借金の証文を奪いとるのよ」

応えた堯之進に西尾が、

「借金の証文を奪いとってどうするのだ」

「因業な金貸しになりかわり借金の取り立てを始めるのよ。取り立てたら高利貸しには元金ぐらい返してやってもいい。もっとも、因業な奴を懲《こ》らしめる、とのお題目を唱《とな》えて一文も返さずともよいがな。どちらにしても気分次第だ」

ぽん、と膝を打って館野がいった。

「それはいい。実にいい手だ」

「さすが知恵者のおぬしだ。おもいつくことが、おれたちとは違う」

大袈裟に褒《ほ》めあげて西尾が満足げに何度もうなずいた。

一同を見渡して堯之進がいった。

「おれは、これで引き上げる。いいな」

「一緒にやってくれぬのか」

問うた西尾に、

「このところ疲れ気味でな。何もやる気が起きぬのだ。働かざる者食うべからず。舟饅頭のときと同様、分け前はいらぬ。おおいに稼いでくれ」

いうなり堯之進は立ち上がった。

離れにもどってきた堯之進を待ちかねていたのか、坐るのも待たずにお里が問いかけてきた。

「館野さんたちが血相変えて呼びに来たんで心配してたんだ。何か騒ぎが起きたのかい」

「大滝め、まさか、ここまでやるとはおもわなかった」

にやり、とした堯之進にお里が、さらに問いかけた。

「何が、何があったんだい」

「売女狩りよ」

「売女狩りだって」

息を呑んだお里に気づかず堯之進がことばを重ねた。

「深川大番屋の御支配殿は、館野や西尾が仕掛けた舟饅頭の商いを、ものの見事に封じ込めたのよ。おもしろい。実におもしろい。どだい何事も遊び半分でやっている館野たちが、本気で職を全《まっと》うしようとしている大滝錬蔵に太刀打ち出来るはずがないのだ。しょせん、遊びは遊び」

いいかけて堯之進は、息を呑んだ。

ややあって、独《ひと》り言《ご》ちた。

「遊びは、遊びか」

難しい顔をして黙り込んだ堯之進を窺《うかが》うように見つめていたお里が、我慢出来なくなったのか、おずおずと口を開いた。

「聞いてもいいかい」

じろり、と堯之進がお里に眼を向けた。鋭い眼差しだった。

「何だ」

おもわず身を竦めて上目づかいにお里が問うた。

「売女狩りで捕まると吉原へ送られ、よくは知らないけど何年間か、ただ働きさせられるんだ。吉原から追い出されたら、大門《おおもん》の前に、売女狩りにあったときに働かされていた見世の男衆が待っていて連れ戻される。それから年季が明けるまで、その見世で働かされるのさ。お春さんも、お市さんも舟饅頭にされて、舟に乗せられたんだろう。売女狩りで捕まったんだろう」

はっ、と気づいて堯之進が、

「そうだったな。お春も、お市も、捕まったんだ」

舌を鳴らして、つづけた。

「何てこった。拐かして無理矢理連れてきたあげく、今度は売女狩りで吉原送りか」

呻くように堯之進がいった。

「どうにも、ならないね。御上のやることには逆らえないよ」

力なく肩を落としたお里に、ちらり、と視線を走らせて堯之進も黙り込んだ。

旗本の身分を笠に着て町奉行所に掛け合っても、今度は逆に、

〈売女狩りは町奉行所の支配下にある取り締まり。いかに旗本といえども口出しは無

用に願いたい〉

と門前払いを喰らわせられるに決まっていた。

「知恵くらべか」

おもわず堯之進は口に出していた。

「えっ、知恵くらべが、どうかしたのかい」

聞き咎めてお里が問いかけてきた。

そのことに堯之進は応えなかった。一点を見据えている。

その眼のあまりの厳しさに気圧《けお》され、お里は話しかけようとして、口を噤《つぐ》んだ。

胸中で堯之進はおのれに問いかけていた。

(いままで、おれは旗本という身分を笠に悪い遊びを仕掛けつづけてきた。ただそれだけのことではないのか)

その問いに別の堯之進が応えていた。

(深川水軍を名乗り、入船代の取り立てを始めたとき、駆けつけた大滝錬蔵が手を出さなかったのは、ただ、おまえの、旗本という立場ゆえのことだ)

やっとわかったのか、と嘲《あざけ》る声が聞こえた気がした。

さっきまで館野や西尾がしでかしたこととしか考えていなかった舟饅頭の商いは、

（その実は、おれが考えついたことなのだ）

と思いしらされていた。

直《じか》に手は染めなくとも舟饅頭の一組を乗っ取り、商いを始めようと企《くわだ》てた張本人は堯之進自身ではなかったのか。

そのことに思い至って堯之進は、

（大滝との知恵くらべに負けたのは、誰でもない、このおれなのだ）

と覚った。

（遊び半分でやってきたのは館野たちだけではない。おれもそうだ）

本気で、命がけで職を全うしようと仕掛けてくる大滝鋪蔵に勝てるはずがないと館野や西尾たちを嘲ったが、そのことは、まさしく、

〈天に唾《つば》する〉

との諺《ことわざ》どおり、すべて、おれ自身に返ってくることだったのだ。

臍《ほぞ》をかむおもいが躰の奥底から噴き上げてきた。

「しょせん、遊びは、遊びか」

呻いた堯之進は裾を蹴立てて立ち上がった。刀架に走り寄るや架けた大刀を手にとり裸足のまま庭に駆け下りた。

大刀を抜き放つ。

鞘を投げ捨てた。

大上段に振りかぶった堯之進は裂帛《れっぱく》の気合いを発して一気に大刀を振り下ろした。

三

翌日、昼過ぎ、鞘番所へ駕籠《かご》で乗りつけてきた座頭《ざとう》がいた。竹《たけ》の市《いち》という、もともとは按摩《あんま》をやっていた男で、いまは、あくどい取り立てをする強欲な高利貸しとして世間の顰蹙《ひんしゆく》をかっている。竹の市には高利貸しの取り立てを手伝うやくざ風の男が付き添っていた。

「お助けくださいまし。深川大番屋の御支配さまに、お願いがございます」

と手を合わせて頼む竹の市に門番が、

「御支配は多忙だ。深川大番屋詰めの同心のどなたかに話を聞いていただくように手配しよう」

と告げたが、

「苦労して、あくせく貯めた有り金を洗いざらい、深川水軍と名乗る旗本たちに奪われたのでございます。生きるか死ぬかの瀬戸際、是非《ぜひ》にも御支配さまにお取り次ぎください」

といい梃子《てこ》でも動かない気配をみせて門前に坐り込んだ。付き添う男も腕組みをして胡座《あぐら》を組んで、口をへの字に結んでいる。

よく見るとふたりとも顔に痣《あざ》をつくっている。かなり乱暴に扱われたらしく殴る蹴るされて出来た傷があちこちにあった。着ている小袖の袖口や裾からのぞく手足に無数の傷跡がみえた。

「何やら尋常でない様子。つねなら御支配に直に取り次ぐこともない訴え、とおもいましたが、お耳に入れたほうがいいのではないかと判じて、まいりました」

用部屋にやってきた門番が開け放した戸襖の向こう、廊下に座して申し訳なさそうに錬蔵に告げた。

昨夜は売女狩りの出役や北木場一家の張り込みで働きづめであった。

「今日は昼まで、ゆっくりと休むがよい」

と同心たちや前原、安次郎に昨夜のうちに伝えてある。

が、錬蔵はいつもの刻限に用部屋に入っていた。やり残した願い書などの書付に朝から眼を通し、次々と処理していく。

そこへ、門番がやってきたのだった。

「竹の市と申せば、取り立ての厳しさと呆れ返るほどの高利で暴利を貪《むさぼ》る極悪人などといわれている、評判の悪い金貸しであったな」

うむ、と錬蔵は首を傾げた。

わずかの沈黙があった。

門番を見やって、問うた。

「竹の市は深川水軍と名乗る者たちに有り金を洗いざらい奪われた、といったのだな」

「そう聞いております」

「調べ所へ通せ。おれが直々に話を聞く。ただし、通すは竹の市ひとりにせよ。付き添いの者は門番所で待たせよ」

「すぐ手配りいたします」

深々と門番が頭を下げた。

「これを見てくださいまし」

調べ所の砂利《じゃり》に敷いた莫蓙《ござ》に坐っている竹の市が両肌《もろはだ》を脱いだ。躰のあちこちにみみず腫《ば》れがあり、刀の鞘ででも叩かれたか殴打されて裂けた傷から血が滲み出ていた。

「深川水軍にやられたと門番に聞いたが」

問うた錬蔵に竹の市が、大きくうなずき、身振り手振りで話し始めた。

「十人ほどの男がいきなり家に入ってきて、『深川水軍だ。借り主の証文を出せ。おれたちが取り立ててやる』と驚き入った申し入れ。お断りしますと、『証文を出したくなるようにしてやる』と殴る蹴るの乱暴狼藉《ろうぜき》が始まりました」

話し出した竹の市は、どれほど自分がひどい目にあったかをまくしたてた。猪首で、ずんぐりむっくりの、脂《あぶら》ぎった竹の市の人並み外れた分厚い大きな唇が、上に下にと開き、左、右へと横に広がり、時には唇の間から舌先をちょろちょろと突き出して、

（よくまあ、これほど口が滑《なめ》らかに動くものだ）

と感心するほどの熱っぽい語りぶりであった。

話し終わった竹の市が喋り疲れたのか大きく肩を上下させて息を吐いた。

様子を見届けた錬蔵が、

「有り金全部奪われたということだが、金そのものではなく借り主の書いた証文をと

られたという意味なのだな」

念押しの問いかけをした。

「深川大番屋のお支配さまの力で証文を取り返していただきたいので。証文がなくなったら金を貸した証がなくなります」

「深川水軍の連中は、貸した金を代わりに取り立ててやると申したのだな。どのくらい取り立て代を寄越せといってきたのだ」

問いかけた錬蔵に竹の市が憎々しげに唇を歪《ゆが》めて吐き捨てた。

「貸し付けた元金だけは返してやる。いままで御法度に外れた高利を貪ってきたのだ。それで十分であろう、と舐《な》めたことをいいやがって。あたしは座頭の金貸しですよ。金貸しは利をとるのが商売だ。それを元金だけだなんて、とんでもない、筋違いの、道に外れた話さ」

「竹の市、おまえは、深川水軍のいうように、いままで御法度に外れた高利を貪ってきたのか」

その問いに竹の市が慌てに慌てた。

「そ、それは、商売でございますから」

「黙れ、竹の市。おまえの悪い噂はあちこちから耳に入っているぞ。訴えは聞いた。

深川水軍のことは調べる。引き上げてよいぞ」

立ち上がった錬蔵に竹の市が食い下がった。

「いつ証文を取り返してくださいます。日取りを教えてくだされ。教えてくださるまで、ここを動きませぬ」

寒くなったのか竹の市が両肌脱ぎとなっていた腕を右の袖、左の袖へと通した。

じっと見つめて錬蔵が告げた。

「動かぬなら動かぬでもよい。が、ここは調べ所、居座らせるわけにはいかぬ。牢に入れ。この場を動きたくなければ小者に命じて牢へ運ばせる。控え居る者、おるか」

表へ向かって錬蔵が呼びかけた。それを見て、竹の市が腰を浮かせた。

「引き上げます。引き上げますでございます。お調べのほど、よろしくお願いいたします」

立ち上がった竹の市が坊主頭を何度も何度も深々と下げた。

調べ所を出た錬蔵は用部屋へ向かわず自分の長屋へ向かった。久しぶりの遅出に安次郎が、

「長屋でのんびりしまさあ」

といっていたのを思い出したからだ。

(深川水軍の輩《やから》が、これほど早く次の手を打ってくるとは。焦っているとしかおもえぬ。何を焦っているのだ)

歩きながら錬蔵はそのもとを探った。

思案しているうちに、あることに思い至った。

(手下の男たちを引き留めておくために金がいるのだ。が、なぜ、あの男たちが必要なのだ。戸田堯之進らしくもない)

いままでは入船代の取り立ても形だけで、猪牙舟には旗本が乗っていないこともあるという。

「取り立ての仕方が手薄に見えても用心するにこしたことはないだろう。いままでどおり新大橋のたもと下の急拵《ごしら》えした船着き場に、遊びに来られる旦那方の猪牙舟をつけて、駕籠でそれぞれの馴染みの見世へ送り迎えをするほうがいい」

と藤右衛門がいっていたと政吉から聞いている。錬蔵は、

(戸田堯之進は深川への入船代の取り立てを止める気でいる)

とみていた。

そこまで思索をすすめたとき、錬蔵のなかで閃《ひらめ》くものがあった。

（舟饅頭の商い舟の一群に戸田堯之進の姿はなかった）

大刀ごと腰から引き抜いた鞘で錬蔵を打擲《ちょうちゃく》した旗本もみえなかったことに、錬蔵は気づいた。

そのとき……。

（深川水軍のなかで何かが起こっているのだ。もしかしたら、いま総帥として深川水軍を仕切っているのは戸田堯之進ではないのかもしれない）

あり得ないこととおもえた。

が、そうとしか考えられない事の成り行きだった。

（旗本たちだけなら小回りがきく。小遣いがなくなれば母御にでもねだって、せしめることもできるはずだ）

舟饅頭の商いが錬蔵の奇策、

〈売女狩りにみせかけた舟饅頭たちの奪い返し〉

によって立ちいかなくなった、その翌朝に深川の高利貸しを襲い、

〈代わって取り立てをしてやる〉

と迫り、借り主の証文を出す気になるまで殴る蹴るの狼藉をくわえて半死半生の目にあわせる。

〈殺されるよりまし〉

と諦めて高利貸したちが差し出した証文を手に入れた深川水軍のあらくれたちが、後は何をやりだすか、はっきりしていた。

御法度にはずれた舟饅頭商いに乗りだしたときは、

〈売女狩り〉

と町奉行所の役向きのなかで定められた取り締まりを行い、騒ぎの芽を摘《つ》むことができた。

が、事が高利貸しの手伝いとなると厄介であった。

目の不自由な座頭が按摩をやりながら金貸しをやっている。それほど珍しいことではなかった。

座頭が貸した金の取り立てを手伝っているのは、土地のやくざというより微禄の旗本、御家人が多かった。家禄だけでは暮らしていけない微禄の旗本、御家人たちは暮らしのたつきを得るために喜んで金貸しの取り立てを引き受けた。公儀も、小身旗本、御家人たちの、あまりの貧窮ぶりに多少あくどい内職をやっていても、見て見ぬふりをして咎め立てしなかった。

その公儀のやり方が、座頭以外の町の高利貸したちの付け入るところとなった。

ぬらりくらりと返済をのばす借り主のやり口に時には、みせしめをかねて、〈病人の蒲団を剝《は》ぐ〉ような強引な取り立てを行う旗本、御家人も多数いたのである。が、支配違いのため町奉行所の与力、同心は手を出せなかった。〈借りた者にも、それぞれ事情のあること。穏便には計らえませぬか〉と取り立てを行う旗本、御家人たちに頼み込むしか手立てがなかったのである。〈此度は迂闊《うかつ》には手を出せぬ〉

そう錬蔵は判じていた。

いつのまにか錬蔵は長屋の前にいた。表戸を開けると、土間からつづく板敷の間で安次郎は敷物を枕がわりに寝転がっていた。

入ってきた錬蔵に気づいて安次郎が半身を起こした。

「旦那、どうしたんです」

「前原に声をかけ、おれが用部屋で待っていてくれ。深川水軍の奴ばらが、新たな悪さを始めた」

「何ですって。昨日の今日ですぜ。やけに早手回しな」

「仔細は用部屋で話す。おれは松倉の長屋へまわり、同心たちを用部屋へ集めるよう命じてくる」

いうなり錬蔵は踵《きびす》を返した。表戸に歩み寄り手をかけた。


用部屋では松倉、溝口、八木、小幡が錬蔵と向かい合っていた。斜め後ろに前原、戸襖のそばに安次郎が控えている。

深川水軍が座頭の高利貸し、竹の市の家に押し込み、

〈代わりに貸し金を取り立ててやる〉

と申し入れ、断ったら乱暴狼藉のかぎりをつくし借金の証文をすべて奪っていったこと、先ほど竹の市がみずから訴え出たことなどを告げた錬蔵は一同を見渡した。

「竹の市のところより証文を持ち去ったからには深川水軍の奴ら、借金の取り立てを始めるに違いない」

「すでに取り立ては始まっているとみるべきでしょうな」

首を捻って溝口がいい、ことばを重ねた。

「しかし、厄介な。旗本、御家人が相手では、またしても支配違い。あくどい取り立てをやっても引っ括《くく》るわけにはいきませぬ」

暗然と松倉、小幡、八木が顔を見合わせた。

宙に視線を浮かせて前原が、首を傾げて安次郎が、手立てを探っている。

「竹の市以外にも深川水軍に押し入られ証文を奪われた高利貸しが必ずいるはず。まずは、皆で手分けして深川中の高利貸しを訪ね歩き、聞き込みをかけて事の仔細をつかまねばなるまい。深川大番屋の面子にかけて、深川水軍に、これ以上の悪さを仕掛けさせるわけにはいかぬ」

下知した錬蔵の口調に厳しいものがあった。眦《まなじり》を決して一同が強く顎を引いた。


握り飯ふたつに香の物という昼餉を食した後、錬蔵はひとりで鞘番所を出た。

同心たちと下っ引きの組をひとりとみなし実質四人、前原、安次郎と合わせて深川大番屋で動ける手勢は六人しかいないと考えるべきであった。

（事の有り様を一刻も早く知らねばならぬ。人手が足りぬ。

河水楼へ出向き藤右衛門に、政吉に富造、できれば足抜きした遊女の探索にかかわり、深川の隅々まで知り尽くしている猪之吉までをも、

（助っ人として使わせてもらう）

と申し入れる、と錬蔵は決めていた。

河水楼についた錬蔵が、

〈勝手知ったる他人の家〉

とばかりに土間を横切り、帳場近くの廊下に歩み寄って廊下の上がり端に足をかけたとき、戸襖を開け放した帳場の奥の座敷で難しい顔をして藤右衛門が坐っているのが見えた。腕組みをしている。向き合って猪之吉、その斜め後ろの左右に政吉と富造が控えていた。剣呑《けんのん》なものがその場に流れているのを、錬蔵は瞬時に感じとっていた。

足音に気づいて藤右衛門が顔を向けた。

「これは、大滝さま」

慌てて腰を浮かせた藤右衛門を手で制して錬蔵が、

「そのままでよい。おれはここに坐らせてもらう」

ちょうど藤右衛門と猪之吉のなかほどにあたる戸襖近くに錬蔵は腰を下ろした。

向き直って藤右衛門が口を開いた。

「実は知り合いに人死にが出ましてな。無尽堂《むじんどう》、と名乗っておられましたが、ほんとの名は最後までおっしゃりませんでした。世間的には因業な高利貸しで通っておりましたが、相手次第で取り立てのやりようが変わる、なかなか気骨のあるお人でございました。『貧乏人に金を貸すときは端《はな》からくれてやるつもりで貸しますのじゃ』といわれましてな。その分、やくざや遊び好きの御店《おたな》の主人、お武家さまには高利で貸し付ける。取り立ても厳しいというお人でしてな。朝は味噌汁に香の物、御飯一膳、質素なくらしぶりでした。借金を踏み倒して夜逃げした河水楼の男衆に代わって貸し金を返せ、と乗り込んでこられたのが、わたしとの縁の始まり。時々、ふらりと一升徳利片手にやってこられては、持参の日刺しを肴《さかな》にこの座敷で酒盛りをしたものでございます」

ただの高利貸しではなかったようだった。ひそかに浪人を雇《やと》って長屋に住みつかせ寺子屋を開かせては近所の子供たちに読み書き、算盤《そろばん》を教えさせていたが、決して、自分が表へ出ることはなかった、という。

「『六十も半《なか》ば、いつまで働けるものか』と一月前に酒を酌み交わしながら話したばかりでございます」

そういって藤右衛門は口を噤んだ。たまりかねたように政吉が声を上げた。

「無尽堂さんを殺《や》ったのは深川水軍の奴らで。見た者がおりやす。殴る蹴るの狼藉をはたらいて借金の証文を奪い取って引き上げていったそうで」

「実は、昼過ぎに座頭の竹の市という高利貸しが深川大番屋へ訴え出た。深川水軍の者どもが押し込んできて乱暴狼藉のかぎりを尽くし借り主のしたためた証文を奪い取っていったというのだ。竹の市が両肌脱いでみせてくれたが痣に傷、みみず腫れと、それはひどい有り様であったよ」

応えた錬蔵に藤右衛門が問いかけた。

「大滝さまが足をお運びくだされたのには、何か急ぎのご用がおありになるのでは」

「政吉に富造、できれば猪之吉、あと数人の男衆を助っ人として借り受けたい。深川の高利貸したちが深川水軍に手酷《てひど》い目にあっているはず。聞き込みにまわり今の有り様を知らねば対する一手が組み立てられぬ。時間《とき》との勝負。人手が足りぬのだ」

「河水の藤右衛門、この深川の地を守るため、大滝さまへの助力を惜しみませぬ。かねてのお約束通り、わたしの手下の者の誰でも、望むがままにお使いください」

政吉たちを振り向いて藤右衛門が告げた。

「聞いての通りだ。猪之吉、政吉、富造、大滝さまの指図に従っておくれ。骨身を惜しむんじゃないよ」

猪之吉たちが大きくうなずいた。

四

河水楼を出た錬蔵は鞘番所へ向かって歩みをすすめた。仙台堀に架かる上ノ橋を渡りかけて足を止める。

大川を荷を積んだ船が行き来していた。いつもと変わらぬ動きにみえる。

が、それぞれの船で働く、違った命を生きている船頭や人足たちは、どのような悩みをかかえて過ごしているのか。千人には千通りの、万人には万通りの悩み、喜び、哀しみがあるはずであった。

（それぞれが、それぞれのやり方で日々の揉め事をおさめながら暮らしているのだ）

川面に立つ小波《さざなみ》がみるみるうちに形を変えていく。再び同じ小波の形が現れることはなかった。

どうにも気になることが錬蔵に生じていた。

〈無尽堂〉

という金貸しのことであった。藤右衛門は、無尽堂が貧乏人に金を貸すときは、

〈くれるつもりで〉

渡す、といっていた、という。が、いくら、

〈有るとき払いの催促なし〉

といっても借金の証文はとっているはずだった。

その証文は、無尽堂を乱暴のかぎりを尽くして殺し、奪い取っていった深川水軍の手に渡っている。

（泡銭《あぶくぜに》が欲しい奴らだ。借金の取り立てに情け容赦はなかろう）

一刻も早く深川水軍の連中を捕まえなければ手酷い扱いをうける町人たちが相次いで出てくる、と錬蔵はおもっていた。

（どうする）

おのれに問いかけたものの錬蔵によい手立ては浮かばなかった。

（奴らは必ず深川水軍の名をあげて貸し金の取り立てを行う）

と錬蔵はみていた。深川水軍は旗本の子弟たちが集まった一団である。深川水軍と名乗る以上、旗本たちがやっていること、とみなすべきであった。

（証文が奴らの手元にある以上、迂闊には手は出せぬ）

胸中呻いた錬蔵は、

「証文さえなければ」

と、おもわず口に出していた。

そのつぶやきが錬蔵に、予想だにしなかった思案を生み出させた。

（たしかに、その通りだ。証文さえなければ、借金の取り立ては因縁をつけての、ただの無法となる。旗本たちを追い払う口実になるは必定。手下どもは片っ端から捕えればすむ話）

唐突に……。

脳裏にお俊の顔が浮かんだ。

「旦那、あたしは旦那の役に立ちたいんだ」

耳朶《じだ》にお俊のことばが甦ってもいた。

かつてお俊は、

〈その指捌《さば》きはまさしく神業《かみわざ》〉

と噂されたほどの女掏摸《すり》であった。いまでは足を洗って掏摸で鳴らした昔を忘れたような、前原の子の佐知、俊作姉弟の母がわりの暮らしぶりだが、その技は、まだ衰えていないようだった。

「お俊の奴、『口頃から鍛えてなきゃ掏摸の技は衰えてしまう。探索に必ず役にたつ技だから忘れないようにしているのさ』といって、袋のなかに手を入れて同じ大きさの数種の小銭を選り分けて取り出したり、糸をほぐしたり紡いだりの指先の鍛錬を毎日、つづけているんでさ」

と安次郎がいったことがある。そのときは、

「もっとも鞘番所から追い出されたときに備えてのことかもしれやせんがね。お俊なら、それくらいのことは考えてますぜ、きっと」

揶揄した口調で安次郎がいい、

「それはあるまい」

と応えた錬蔵と安次郎が一笑いして終わったのだが、

(こんな折りには、お俊の掏摸の技がおおいに役にたつ)

と、断じている錬蔵であった。


鞘番所へもどった錬蔵は前原の長屋へ向かった。足を止める。長屋の前にお俊と佐知、俊作の姿がみえた。

お俊と佐知がお手玉をして遊んでいる。何度やってもうまくいかない佐知に、お俊が手ほどきしてやっているようにみえた。

近くで俊作は小ぶりな木刀を手に、庭木の枝から縄で吊り下げた薪《まき》を打ち叩いてい

た。打たれた薪がおもいがけない動きをして、俊作めがけてもどってくる。五歳の俊作が首を竦めて薪をよけたり、後ろへ下がって薪を打ったりするさまを、錬蔵はほほえましい思いで見つめた。

「俊作も武士の子、幼いとはいえ、そろそろ剣の修行は始めねばなりませぬ。当分は薪が稽古《けいこ》相手。五歳の子には、大人の木刀では重くて手に負えませせぬ。私が丸太を削って手作りしてやりました」

と数日前に前原がいっていたのを、錬蔵は思いだしていた。

お手玉の手ほどきをしながら、ちらちら、と心配そうな視線をお俊が俊作に走らせている。

三人の、実の母子とみまがう姿に錬蔵は迷った。お俊に、

「借金の取り立てに仕掛かるまえに借用証文を、深川水軍の奴らから掏《す》りとってくれ」

と話すつもりでもどってきた錬蔵だったが、お俊たちの様子に、なぜか声をかけそびれた。

（もう少し借金の取り立ての様子がわかってからでも遅くはない）

思い直した錬蔵は踵を返した。河水楼に足を向ける。

無尽堂が金を貸した先がどうなっているか、どうにも気にかかっていた。

（政吉か富造が貸した相手に心当たりがあるかもしれない）

ふたりとも聞き込みに出かけているとおもわれた。藤右衛門が、

「一人暮らしの無尽堂さんの弔《とむら》いは、私が出してやります」

といっていた。

「殺した相手は旗本。無礼討ち、と言い抜けるに決まっております。無尽堂さんが旗本に殺されたことを、おそらく鞘番所に届け出る者はおりますまい」

その藤右衛門のことばを錬蔵は重く受け止めていた。

河水楼に訪ねる相手がいなければ錬蔵自身、無尽堂の住まいへ出向くつもりでいた。無尽堂の話を聞いたとき、住まいを聞いておけばよかった、とおもうが、後悔先に立たずで、いまでは何の意味もないことだった。河水楼の男衆の誰ぞに聞けば、おそらく無尽堂の住まいはわかるだろう。

証文をお俊に掏らせるにしても、せいぜい二度までと錬蔵は考えていた。二度の勝負で深川水軍の借金の取り立てをやめさせるためには、手荒い手立てを取らねばならないだろう。

（此度は旗本の子弟を峰打ちで仕留め、牢に留め置いて評定所の裁断を仰ぐ）

やり過ぎたこととの責めが、錬蔵に及ぶ恐れは大いにあった。

が、錬蔵は、

（咎められたら潔く裁きを受ける。深川に住まう町人たちの安穏を守るのが務め。務めを全《まっと》うするために捨てる命、惜しくはない）

と覚悟を決めていた。

馬場通りの一の鳥居にさしかかったあたりで錬蔵は足を止めた。韋駄天《いだてん》走りにやってくる政吉が眼に留まったからだ。

気づいたのか政吉が驚いた顔つきで動きを止め、錬蔵に駆け寄ってきた。

「どうした、血相変えて」

問いかけた錬蔵に懐から風呂敷包みをとりだし、

「主人がこれを急ぎ大滝さまに届けろ、と」

受け取って錬蔵が、

「これは何だ」

「主人が無尽堂さんの弔いの支度に出かけるときに『証文以外に、日々の商いを書き付けた控が必ずあるはず。おまえは、それを探しだせ。見つけたら大いに役に立つ代《しろ》物《もの》だ』と言い出しやして、あっしはいわれるがままについていった次第で」

「見つけ出したのだな、その控を。これが、その控か」

「その、控で。日々の貸付がくわしく書かれておりやす。役に立ちますかい」

「役に立つ。少なくとも無尽堂が〈くれてやるつもりで貸した〉貧しい者たちを、厳しい取り立てから庇《かば》ってやれる手がかりとなる」

町家の脇に寄った錬蔵は風呂敷包みを開き、控をめくった。したがう政吉がのぞき込む。

控をめくる錬蔵の手が止まった。

「大島町は目と鼻の先のところ、まずは、このあたりから見廻ってみよう」

控の指で押さえたところに、

〈大島町、六助《ろくすけ》長屋、大工職、友三《ともぞう》、一両貸付け、同居人、娘、お近《こん》、十三〉

の文字があった。

大島町の裏店、六助長屋は屋根が歪《ゆが》んで、建家がどことなく傾《かし》いでいるような、いかにも貧乏人が住み暮らすところにみえた。六助長屋の露地《ろじ》木戸に足を踏み入れようとした錬蔵は、突然、木戸脇に身を隠した。政吉もそれにならう。

長屋の一軒の表戸から突き出された男がいた。仰向けに倒れた男の出で立ちは着流し巻羽織。同心の見廻り姿であった。露地で様子を窺っていたのか、ドっ引きが慌て駆け寄り左右から助け起こした。

抱き起こされた同心の顔が見えた。小幡欣作だった。長屋の中から泣き叫ぶ女の声が聞こえる。男の怒号と弱々しく哀願する別の声が聞こえた。

女の襟首を旗本がとっている。証文を懐にしまいながら遊び人風の男が出てきた。古びた寝衣を身にまとった五十過ぎの白髪頭が、月代《さかやき》をのばしたならず者にしがみついている。

「娘を、お近を、連れていかないでくだせえ。借りた金は必ず返すからよう」

娘のお近と呼ぶからには、白髪頭は大工の友三とおもえた。さらにまとわりつく友三の頭をならず者が殴りつけた。手加減のない殴り方だった。悲鳴をあげて友三が倒れ込んだ。娘を引きずる旗本と遊び人風、ならず者、他の旗本ふたりに無頼数人、合わせて十人ほどの男たちが、

「その娘、借金のかたに岡場所に叩き売ってやりやしょう」

「深川以外の岡場所がいいぞ。諦めがつく」

「その前におれたちで、さんざん味見をしましょうや。ほどよく肉がついて、いい躰してますぜ」

口々にいいあい、笑いながらやってくる。

「何てこった。無尽堂さんの気持をふみにじりやがって」

匕首《あいくち》でも呑んでいるのか、政吉が懐に手を突っ込み飛びだそうとした。

「動くな」

手で政吉の躰を押さえた錬蔵が、

「見ろ」

と顎をしゃくった。

旗本たちの行く手を遮るように、小幡が大の字に手を広げて立ち塞がっていた。

旗本ふたりが前へ出てきて、怒鳴った。

「どけ、不浄役人。我ら旗本に逆らう気か」

「利息を、利息の一部を私が肩がわりして払いまする。利息を払えば、娘は、まだ父御と一緒にいられるはず。父御は長の患い、と聞いております」

懐から銭入れを取り出し、一両を指でつまみ出した小幡が、

「持ち合わせが一両と小銭が少々しかありませぬ。一両を利息としてお渡しいたします」

遊び人風が懐から証文を取り出しながらしゃしゃり出てきて、証文を開いて小幡に

突きつけた。

「貸したのが三年前。積もり積もった利息が四両だ。証文を見な、そう書いてあるだろう」

「一両では今日一日も待てぬ、といわれるのか」

一両を握った小幡の指に手をのばし、

「こいつはもらっとくぜ。今日のところは娘を返してやる。また明日、来る。親切なお役人さんよ、元金と利息、合わせて五両、肩代わりしてやったらどうだい」

薄ら笑って一両を手にとった。

「その一両は利息にはくわえぬのか」

憤怒を抑えて問うた小幡に、遊び人風が一両小判を小さく振って応えた。

「こいつは娘の引き取り代だ。文句はねえな」

「異論はない」

遊び人風がお近の襟首をとっている旗本に告げた。

「旦那、聞いてのとおりで。娘を放してやっておくんなさい。明日になれば、連れて行ける娘で」

そういいながら遊び人風が証文と一両を懐に挟んだ。

「楽しみは先に延ばすほど面白味が増すというもの。一日で一両、悪くない商いだ。放してやるか」

襟首を摑んでいた手を開いた。お近が、その場に倒れ込んだ。

「明日、また来る。夜逃げなどしたら長屋中の者たちに迷惑がかかるぞ。長屋の者は父娘《おやこ》が夜逃げなどせぬように見張ることだ。さすれば、なんの問題も起きぬ。わかったな」

旗本のことばに何の返答もなかった。さらに旗本がよばわった。

「表戸を閉めてもなかにいるのはわかっている。父娘が夜逃げでもしていたら大暴れさせてもらうぞ」

高笑いし、前方に立つ小幡を突き飛ばして歩きだした。遊び人風たちが後につづいた。小幡は下唇を嚙みしめて立ち尽くしている。


露地木戸近くの天水桶の蔭に身を潜めた錬蔵が、政吉に告げた。

「証文を持っている男の顔をよく覚えるのだ。明日はあ奴が狙う相手となる」

「この目に焼き付けておきまさあ」

政吉が目を凝らした。

深川水軍の輩が錬蔵たちの前を通りすぎていった。錬蔵と政吉は、それこそ穴が開くほど遊び人風の顔を見つめつづけていた。


鞘番所にもどった錬蔵は前原の長屋へお俊を訪ねた。

表戸を開けて出てきたお俊が目を燦《きら》めかせて問うてきた。

「旦那のお役に立てるんですね」

「女掏摸の昔にもどって存分に腕をふるってもらいたい。明日は、おれと行を共にすることになる」

艶《あで》やかに微笑んでお俊がいった。

「嬉しいねえ。久しぶりに旦那と逢い引きと洒落《しゃれ》込めるんだね。せいぜい綺麗《きれい》にみられるように念入りに化粧しなきゃ」

「色気抜きの、修羅場つづきの逢い引きになるとおもうが、よろしく頼む」

微笑んで錬蔵が告げた。

「修羅場つづきだっていいんですよ、だって、旦那のそばに一日中いれるなんて、あたしゃ、盆と正月が一緒にきたような気分なんですからね」

翳《かげ》りの欠片《かけら》もない笑みを浮かべた。

その夜、帰ってきた松倉ら同心たちと前原、安次郎を用部屋に集めた錬蔵は、まず、小幡に目を向け、文机に置いていた紙包みを手にとって、いった。

「小幡、よく我慢したな。これは今日、おまえが友三父娘のために払ってやった金だ。おれに肩がわりさせてくれ」

紙包みを小幡の前に置いた。

「御支配、見ておられたのですか」

「露地木戸の蔭からな。おれが出張っても何の役にも立たぬ、とおもうてな。ただ見ていた。小幡、見事な捌きぶりであったぞ」

「御支配、ありがたく」

紙包みを手にとった小幡が懐に入れた。

「何があったのですか」

身を乗りだして松倉が問うてきた。

「実はな」

一同を見渡して錬蔵が、小幡が処した事の次第をかいつまんで話して聞かせた。

聞き終わった溝口が感嘆した口調でいった。

「小幡、よくやったな。年若のおぬしに出来て、おれに出来ぬはずはない。しっかり働かねば、とあらためて胆《きも》に銘じたぞ」

俯《うつむ》いて八木は、ただ黙り込んでいる。悄然と肩を落とした姿は、おのれを恥じているかのように錬蔵にはおもえた。

目線を一同に移して、錬蔵が告げた。

「明日の動きを伝える」

皆が姿勢をただした。それぞれの眼に緊迫が漲《みなぎ》っている。

五

翌朝五つ（午前八時）過ぎに鞘番所を出た錬蔵、お俊、前原、修羅場に備えて長脇差を腰に帯びた安次郎の四人は、大島町は六助長屋近くの自身番へ向かった。少し遅れて出役する小幡と下っ引きふたりの組と自身番で合流することになっている。昨夜、安次郎を河水楼に走らせて、猪之吉、政吉、富造の三人に六助長屋近くの自身番へ来るように伝えてあった。

昨夜、用部屋で錬蔵は松倉たち同心や前原、安次郎から聞き込みの復申を受けていた。

竹の市、無尽堂のほかに冬木《ふゆき》町の高利貸し〈銭貞《ぜにさだ》〉の貞造《さだぞう》、堀川《ほりかわ》町の、女衒《ぜげん》上がりの金貸し万五郎《まんごろう》のふたりが深川水軍に襲われていた。友三の取り立てに六助長屋に現れた深川水軍の手勢は十数人。総勢五十人ほどの深川水軍が十数人一組で取り立てにあたると決めたとすると、四組しか結成できないことになる。

襲われた高利貸しが四人。一組でひとりの高利貸しを襲い、証文を奪っていった、と考えるが妥当であった。

松倉孫兵衛、溝口半四郎、八木周助とそれぞれの下っ引きたちに大番屋詰めの小者たち数名をつけ、三組を組織した錬蔵は、無尽堂の貸付控に記された娘のいる借り主たちのところを見廻らせることにした。

店を構えている商人たちの貸付金の取り立ては、店を潰さぬ程度の金高の取り立てしかできない。強引に多額の金を取り立てて店を潰してしまったら、それこそ大損になる。

〈生かさず殺さず〉

それこそ、じわじわと利息と元金の一部を、できるだけ長い期間かけて取り立てる、というのが金貸しにとって確実に儲けるやり口のひとつであった。

手軽なのは、逆立《さか》ちしても金を返せない、年頃の娘のいる借り主に強引な取り立てを仕掛け、娘を借金のかたにとって岡場所などに売り払う、というのが手っ取り早く泡銭を手にするやり方だった。

〈弱い者から取る〉

抗う力のない者は、どんなにひどいめにあっても泣き寝入りするしかない。後腐れがない、ということは悪さを仕掛ける側からすれば厄介事がひとつ減る、ということを意味する。錬蔵が無尽堂の貸付控を開いて、まず大島町は六助長屋に住む友三を見廻る、と決めたのは、そういう判断があってのことであった。


大島町の自身番で落ち合った政吉と富造をつれて錬蔵は、お俊、前原、安次郎とともに六助長屋へ向かった。猪之吉は万が一、藤右衛門に加勢の男衆を頼むようなことが起こったときの、河水楼へのつなぎ役として自身番へ残してあった。

六助長屋近くの町家の蔭で錬蔵、安次郎が、別の町家の陰に前原が潜んでいる。お俊と政吉、富造の三人は、錬蔵から指図された、それぞれの役向きを果たすべく近くに身を隠しているはずであった。

一刻（二時間）ほど過ぎた。

今日も雲の多い、晴れたり曇ったりの蒸し暑い一日になりそうだった。

張り込んでいても、じっとりと汗が滲《にじ》んでくる。深川水軍の輩《やから》は、

「明日、また来る」

と告げて引き上げていった。

(必ず取り立てに来る)

と考えつつも、錬蔵のなかに、

(おれの見込み違いかもしれぬ)

とのおもいが湧いてくる。

が、他に手立てがない以上、深川水軍の一群が現れるのを待つしかなかった。

凝然と通りを見つめる。

と、町家の向こうの丁《てい》字路となっている辻を曲がって深川水軍の一団が現れた。旗本と遊び人風が先頭に立っている。

一群は六助長屋へ入る露地口へ向かって歩いてくる。錬蔵と安次郎が潜むところを通りすぎ、六助長屋への露地へ入ろうとしたとき、

「野郎、勘弁できねえ」

「勘弁できねえのはこっちだ」

言い争う声が響いたかとおもうと、露地から飛び出してきた政吉と富造が殴り合うように腕を振り回しながら、遊び人風に突き当たった。よろけた遊び人風に、後を追うように露地口から飛び出してきたお俊が突き当たった。

「何すんだい。ぼやぼやしてんじゃないよ」

威勢のいい啖呵《たんか》を切ってお俊が、

「お止《や》め。乱暴は止めておくれ」

殴り合い縺《もつ》れ合って駆け去っていく、政吉と富造の後を追って走っていく。政吉たちとお俊の姿が脇道へ消えたとき、呆気にとられて眺めていた遊び人風が我に返った。

「何でえ、朝っぱらから人騒がせな」

誰に聞かせるともなくいい、

「とんだ道草をくいやした。行きやしょう」

旗本へ浅く腰をかがめた。

深川水軍の一群が六助長屋へ向かうべく露地へ入っていった。その姿がみえなくなったとき、錬蔵の背後から、

「旦那」

と小声で呼びかけるお俊の声が聞こえた。振り向くといつのまに近づいてきたのか、お俊が立っていた。立ち上がった錬蔵と安次郎に、四つに折った書付を懐から取りだして、

「やりましたよ。これが友三の証文です」

「見事なものだ。いつ掏《す》り取ったか、おれにもわからなかったよ」

半《なか》ば感嘆の口調でいいながら、錬蔵が証文を受け取った。安次郎が、にやり、としてふたりをみやっている。

手にした証文を錬蔵が広げた。

まさしく友三の借金の証文だった。

顔を上げて錬蔵がお俊にいった。

「これからはおれの出番だ。自身番で待っていてくれ」

「遠目で見てますよ。そばにいりゃ何かの役にたつかもしれない」

横から安次郎が軽口を叩いた。

「片時も旦那のそばを離れたくないってのが本心じゃねえのかい、お俊のよ」

「いくら男芸者あがりだって、いまはそんな軽口、叩いてるときじゃないよ、竹屋の安次郎親分、しゃきっとおしな」

きっ、とお俊に睨《にら》まれて首を竦めた安次郎が、

「その通りでございますよ。竹屋の太夫、大しくじりの図でございい、と」

額を軽く平手で叩いて錬蔵に顔を向けた。

「旦那、道行きと洒落ますかい」

無言で錬蔵が振り向いた。

友三の長屋からお近の悲鳴が聞こえた。深川水軍の狼藉《ろうぜき》が始まったようだった。

友三の住まいの表戸が開け放たれている。表戸の前に立った錬蔵の眼に、お近を引きずり出そうとしている旗本の姿が飛び込んできた。男たちが友三とお近を取り囲んでいる。

「何をしている」

声をかけた錬蔵を、旗本と遊び人風たちが一斉に振り返った。

旗本が声を荒げた。

「借金の取り立てをしているのだ。小浄役人に四《し》の五《ご》のいわれる筋合いはない」

「借金の取り立てといわれるからには証文があるはず。役目柄、何もせずでは帰れぬ。見せていただこう」

鋭い眼で錬蔵が見据え、大刀の柄《つか》に手をかけた。旗本が、怒りを露わに吠えた。

「刀の柄に手をかけたな。我らは旗本。支配違いの相手だぞ」

「存じております。此度は腕ずくでも役目を全うする所存」

「何、旗本に逆らうか」

お近から手を放し、刀の鯉口《こいぐち》を切った。

「お止めください。証文をみせればすむことでございやす」

遊び人風が旗本をなだめ、錬蔵を振り向いた。

「ここに証文が」

懐に手を入れた遊び人の顔に驚愕が走った。

「ない。懐に入れていた証文がない」

友三の住まいに足を踏み入れながら錬蔵が告げた。

「証文がないとなると、ただの脅し、押込み強盗ということになる。旗本が押込み強盗をやるとはおもえぬ」

大刀を抜き放つや峰を返して遊び人風の肩に叩きつけた。呻いて遊び人風が昏倒した。

「おのれ」

斬りかかった旗本を峰で袈裟懸けに打ち据える。その場に旗本が崩れ落ちた。

「不浄役人め、許さぬ」

　刀を抜いた残る旗本ふたりが相次いで斬りかかってきた。刃を合わすことなく錬蔵は左右に刀を返して脇腹を打ち据えていた。旗本たちが悶絶して倒れこんだ。

「てめえ」

　匕首《あいくち》を抜いてならず者が突きかかってきた。身を躱《かわ》した錬蔵は、今度は峰を戻して匕首を持つ腕を手首から切り落としていた。手首から血を噴き出させながら、ならず者が激痛に唸《うな》って土間をのたうった。

「向後は手首ひとつではすまぬ。死にたくない奴は表へ出ろ」

　男たちがわれ先にと飛び出していった。

「前原、安次郎、容赦はいらぬ。片《かた》っ端《ぱし》から峰打ちで打ち据えろ。縛るにはその方が手間がかからぬ」

　声をかけた錬蔵は太刀を峰に返して男たちを追った。前原と安次郎が逃げまどう男たちを追って片っ端から峰打ちの一撃をくれていた。その動きに錬蔵もくわわった。

　瞬《また》く間に六助長屋の友三の住まい近くの露地は、悶絶して倒れた男たちで埋め尽くされた。

　やがて小幡が荷車を引いた下っ引きたちとともにやってきた。政吉たちが自身番へ駆け込み、後片付けにあたる小幡と下っ引きたちへつなぎをとったのだった。

小幡たちが気絶した旗本や男たちを次々と縛り上げていく。前原と安次郎も手伝っていた。その動きを横目にみながら錬蔵は、

（二度ほど証文を掏りとって深川水軍の出方をみる、と考えていたが一度でよかろう）

と考え始めていた。

これみよがしに縛り上げた奴らを引き回し、戸田家別邸の前もゆっくりと通り抜ければ、必ず深川水軍の者の眼に留まるはず。旗本まで捕らえていった、となれば必ず次なる手立てを繰り出してくる、と断じてもいた。

残る深川水軍の旗本たちは、仲間が捕らえられた、ということは評定所での裁きにかけられる、と考えるはずであった。

（仲間を取り戻そうとするは必定）

取り返せぬときは鞘番所の牢に入れられた仲間の親たちに、公儀から、

〈家内不行き届き〉

の咎《とが》めがあり、〈閉門〉〈蟄居《ちっきょ》〉などの厳しい処断がくだされる恐れがあった。

（深川大番屋に夜討ちを仕掛けて来るかもしれぬ）

　そのときはそのときのこと、旗本ではなく夜盗の類《たぐい》として討ち取る、と錬蔵は腹を括《くく》った。

　荷車に縛り上げた旗本や男たちを積んでいる安次郎や前原、小幡に目線を向けて告げた。

「まずは怪我人を自身番へ運ぶ。番太郎に町医者など呼ばせて怪我人の始末をさせる手配りをした後、捕らえた深川水軍の奴らを、できるだけ目立つようにゆっくりと引き回すのだ。奴らの根城である戸田家の別邸へも足をのばすぞ」

　無言で安次郎、前原、小幡が強く顎を引いた。


「深川大番屋と一戦交えるか」

　戸田堯之進が居流れる館野たちを見やっていった。

　深川大番屋の御支配たちが、旗本三人を捕らえ縛り上げて荷車で引き回していく様子を、別邸のなかから見ていた館野と西尾は居残っている手下たちに命じて、借金の取り立てに出かけていた深川水軍の面々を急遽、呼び戻した。

　皆が集まったのを見届けたふたりがいつものように離れに堯之進を迎えに行き、連れて来たのだった。

事の成り行きを館野や借金の取り立てに出向いた旗本たちから聞かされた堯之進は、しばらく黙り込んでいたが、口を開くなり、告げたのが、

「深川大番屋と一戦交えるか」

との一言だった。

「一戦交える、だと」

聞き咎めて館野が問い返した。

鋭い眼で館野を見据えて堯之進が応じた。

「まずは旗本仲間を取り返さねばなるまい。評定所の裁きにかけられたら、親兄弟はもちろん親戚縁者に迷惑がかかることになるは必定。それだけは避けねばなるまいよ」

腕を吊った白布に眼を向けて館野が、

「しかし、一戦交えるとなると、それはそれで厄介なことだな」

「牢に入れられた仲間を見捨てるのか」

尖《とが》った堯之進の物言いだった。

「しかし」

気乗りしない様子の館野を堯之進が睨みつけた。眼に殺気がみえた。横から取りな

すように西尾がいった。

「他に何かよい手立ては浮かばぬか。知恵者のおぬしのことだ。いい考えがあるだろう」

「ない」

にべもない堯之進の口調だった。

じろり、と一同を見据えてつづけた。

「喧嘩状を書く。紙と硯《すずり》を持ってこい」

顔を見合わせた館野と西尾を堯之進が怒鳴りつけた。

「早くしろ。時が移る」

渋々、西尾が立ち上がった。

他の旗本やならず者たちが上目づかいに恨めしげに堯之進を見つめている。仲間たちを捕らえられ怖《お》じ気《け》づいているのはあきらかだった。

その夜、深川大番屋に三人の武士がやって来た。そのうちのひとりが、

「御支配、大滝錬蔵殿に御意《ぎょい》得たい。夜分の突然の訪れ、玄関の式台での応対でかまわぬ」

った。
門番が引き上げていった後、錬蔵は刀架に架けた大小二刀を腰に帯び、式台に向か
「玄関の式台にてお会いいたす、と伝えよ。おれは式台にて待つ」
まだ錬蔵は用部屋にいた。取り次ぎの門番に、
と門番に告げた。

式台で立ったまま錬蔵は待った。まもなく三人の武士が門番とともにやって来た。

三人の武士は深川水軍の戸田堯之進、舘野亀次郎、西尾七三郎だった。

「客を迎えるに立ったままとは無礼であろう」

尖った舘野の物言いであった。

「先触れもない夜分のおとないい。礼を失するを責められるは如何《いかが》なものかと存ずる」

応じた錬蔵に堯之進が懐から一通の封書を取りだし、

「これを受け取れ」

と差し出した。受け取った錬蔵が裏を返した。その眼が一点を凝視した。

顔を上げて堯之進を見据えた。

「左封じの封書。喧嘩状でござるな」

「一戦交えたい、とおもうてな。深川大番屋と深川水軍の戦《いくさ》、我らが勝てば捕らえた

旗本たちを奪い返す所存。これ以上、旗本たちの親御、縁者の方々に迷惑はかけられぬでな」

応えた堯之進に錬蔵が告げた。

「この戦、お受けいたす」

「書面を見ずともよいのか」

「売られた喧嘩は買う、と決めております。信条というべきもの」

皮肉な笑みを浮かべて堯之進がいった。

「おもしろい。殊勝な心がけだ」

不敵な笑みで錬蔵が応えた。


庭のあじさいが夜目にも鮮やかに花を開き始めている。

廊下に坐った堯之進が、一升徳利を脇においてぐい呑みを傾けていた。そばにお里が控えている。お里が、

「あじさいが、やっと咲き始めた。雨が降らないから、いつもより遅いんだね、花が開くのが」

「親父殿は庭いじりが好きだった。暇があると庭に出て、花や庭木の手入れをしてい

た。そのせいか屋敷にはいつも花が咲いていた」

「お父《と》っつぁん、きっと、こころの優しい人なんだね。花や庭木は生き物、手入れしないとすぐ枯れる」

「手入れしないと、すぐ枯れるか」

ことばを切った堯之進はぐい呑みに入った酒を一気に飲みほし、ぼそり、ともう一度つぶやいた。

「手入れしないと、すぐ枯れるか」

じっとお里が堯之進を窺っている。堯之進は、ぐい呑みを手にしたまま、ぼんやりとあじさいを眺めていた。

明るい口調でお里がいった。

「あじさいの花は咲いているうちに色を変えていくんだよ。白から紫、そして淡い紅《あか》色に、とね。ころころと心変わりする遊女みたいな花なんだよ」

「あじさいは、ころころと心変わりする遊女みたいな花か」

微笑みを堯之進が浮かべた。お里の顔にも笑みが広がった。

「珍しいね、笑うなんて」

ちら、とお里に視線を走らせた堯之進が再び、あじさいに眼を移した。ぐい呑みは手にしたままだった。

「考えてみると親父殿はお里、おまえがいうように優しい人だったのかもしれぬ。剣術、学問を一流の道場、塾に通わせ修得させてくれた。みずから研鑽《けんさん》を積まれた銭相場の動かし方を、おれにつききりで教えてくれた」

「はじめてだね、おまえさんが家族のことを話すなんて」

「親父殿は口癖のようにいわれた。堯之進、おまえはすべてに子一番だ。剣も学問も、銭相場の読みも。が、二男坊のおまえに家を継がせることはできぬ。武家の仕来《しきた》り事で嫡男が家督を継ぐことになっている。おまえは身につけた知恵と技で一家を成すのだ、とな。だが、おれは」

ぐい呑みを堯之進が強く握りしめるのにお里は気づいていた。砕《くだ》かんばかりに握りしめた手にさらに力がこもった。

「おれは、その仕来り事というやつが気にいらなかった。嫡男の兄は、すべてに凡庸《ぼんよう》な男だった。おれと喧嘩をして負けると泣きながら母御にすぐいいつけた。そのくせ人の前へ出ると賢い子のように振る舞う。意気地なしのおべっか使い。そんな兄が家督を継ぎ、おれが冷や飯食いとして生涯、兄の世話になる。耐えられなかった。おれは親父殿に不満をぶつけた。母御は乱暴者のおれを遠ざけ、会おうともなさらない。

親父殿だけが、おれが殴っても蹴っても『世の仕来り事だ。どうにもならぬ。おのれを磨け』と、かまいつづけてくださった。おれは、それが疎ましかった。ただ理由《わけ》もなく疎ましかった」

俯いた堯之進の眼に光るものが浮いたのを、お里は見逃さなかった。今度は、お里が慌てる番だった。どうしていいかわからなかった。気づかぬ風を装って、ずっと気にかかっていたことを、口に出した。

「会合の後、館野さんや西尾さんとどこかへ出かけたようだけど、どこへ出かけたんだい」

じろり、と向けた堯之進の眼は意外なことに、いつもの剣呑な眼差しではなかった。ぐい呑みを膝の上で回したりして弄《もてあそ》んでいる。

「皆にこの別邸から出て行ってもらおうとおもってな。一計を案じたのだ。そうでもしなければ、あの宿無しども、いつまでも居座って出ていくことはあるまいよ」

「あたしも出ていかなきゃならないのかい」

問うたお里の語尾がかすれた。

「お里は、おれのそばにいるのだ。おまえが厭《いや》だといっても、そばにいさせる。親父殿からあてがってもらったこの別邸で、おまえは、ずっと、おれのそばにいるのだ。

ただし、苦労なことに、おれが死ぬまで、おれに気遣いせねばならぬがな」

笑ってはいなかったが、眼差しに包み込むような、優しげなものが潜んでいるのを、お里は感じとっていた。

「おまえさん」

それだけいってお里は、堯之進の肩に顔を埋めた。

そんなお里を見向こうともせず、堯之進はじっと白い花をつけたあじさいに見入っている。


翌朝、錬蔵は用部屋へ松倉ら同心たちと前原、安次郎を集めた。

一同を見やって錬蔵が告げた。

「昨夜、深川水軍から戦の申し入れがあった」

「戦の申し入れですと、正気の沙汰とはおもえませぬな」

呆れ返った顔つきで松倉孫兵衛がいった。

「深川水軍が戦に勝てば牢内の旗本二人を奪い返す、というのだ。おれは、戦の申し出を受けた。売られた喧嘩は買う。それが、おれの信条だからだ。日時は二日後の宵五つ（午後八時）、場所は洲崎弁天そばの江戸湾の岸辺、と定められている。ただし、この戦」

そこでことばをきった錬蔵があらためて一同を見渡し、つづけた。

「来たくないものは来ずともよい。おれは、たとえ、ひとりでも戦場に出向く所存だ」

「そいつは水臭えんじゃねえんですかい。安次郎、死なばもろとも、一緒に来いと、なんでいってくださらねえんで」

戸襖のそばに控えていた安次郎が声を上げた。前原がつづいた。

「子供たちの面倒は、あの気性だ、お俊がみてくれる。何があっても御支配と行を共にすると決めております」

「小幡欣作、従います」

「溝口半四郎、腕がなっておりますぞ」

「年はとっても松倉孫兵衛、足でまといにはなりませぬぞ」

一膝すすめて八木が声を高めた。

「不肖、八木周助、戦いに加わりまする。これは深川大番屋あげての戦。身共も深川大番屋の同心、先陣駆けて戦う決意でございまする」

ひとりひとりを見つめて、ゆっくりと目線を移した錬蔵が告げた。

「戦場へ出向くはこの場にいる七人のみ。下っ引き、小者には声をかけてはならぬ。よいな」

　覚悟を秘めて一同が強く顎を引いた。


　その日の夜、堯之進がお里に声をかけた。

「お里、久しぶりに外へ出ぬか」

　怯《おび》えた表情でお里が応えた。

「拐かされたとはいえ、あたしは足抜きしたも同然の身。町ん中にはあたしを見つけ出そうとしている男たちがうろうろしてますよ。見つかったら茶屋に連れ戻されてしまう」

「心配ない。おれがついている。行くぞ」

　先に立って歩きだした。

「ほんとに大丈夫かね」

　独り言ちながら気乗りしない様子でお里がつづいた。

　堯之進は気づいていた。小名木川に架かる高橋のあたりから、数人の目つきの鋭い男たちがついてきている。どうやらお里の不吉な予感はあたっていたらしい。そわそわしているところをみると、お里もつけられていることに気づいているようだった。

（まずは用をすまそう）

歩みをすすめた堯之進は、万年橋を渡り鞘番所の前で立ち止まった。訝《いぶか》しげな目をお里が向けた。

懐から封書を取りだして堯之進がいった。

「お里、この封書を深川大番屋支配の大滝錬蔵殿に直接手渡し、返事をもらってきてくれ」

封書を受け取ったお里が、

「封が二重になっているね。これでいいのかい」

「いいのだ。おれが行けばよいのだが、深川水軍の総帥として敵対した身。何かと問題があるやもしれぬ。だから、お里に行ってもらうのだ。おれは、ここで待つ」

「わかったよ」

封書を胸に抱いてお里が門番所へ向かった。物見窓ごしに話している。しばらく待たされていたが、門番が表門の潜り口からお里を迎え入れているのが堯之進にも見えた。

まわりに目線を走らせた。男たちが数人、物蔭に潜んでいる。堯之進は素知らぬ風を装って鞘番所の表門を見やった。

式台に立ったままで錬蔵が一枚目の封を開いた。封を刀の柄にかける。二枚目の封の裏を返してじっと見つめた。

そんな錬蔵を食い入るようにお里は見つめている。錬蔵が二枚目の封を裏返したとき、封が左封じであることにお里は気づいていた。

「左封じだね。果たし状じゃないのかい」

おもわずお里は問いかけていた。

無言で錬蔵がお里に目を向けた。

「知っているようだな、左封じの意味を」

「あたしゃ茶屋抱えの遊女なんだ。客で通ってくる、修羅の渡世に身を置く男を何人も見てきた。それで見聞きして知ってるんだ」

「茶屋抱えの遊女、だと。おまえは化粧堀《けわい》から拐かされた遊女のひとりか」

問うた錬蔵に悪びれずにお里が応えた。

「そうだよ。ね、書面の中身を教えておくれよ、頼むよ。この通りだ。お願いだよ」

両手を合わせて錬蔵を拝んだ。真剣な顔つきだった。

視線をお里からそらし、錬蔵は書面を開いた。

顔を上げて、問うた。

「おまえは戸田殿の何なのだ」

「何なのだときかれても困っちまうよ」

狼狽がお里にみえた。

が、それも一瞬のこと……。

まっすぐに錬蔵を見つめて告げた。

「あたしは、あの世で、あの人の押しかけ女房になると決めている女なんだ。迷惑がられてもいい。あの世で、必ず押しかけ女房になってみせる。あたしは、そう決めているんだ」

じっと錬蔵がお里を見据えた。厳しい眼差しではなかった。

「そうか。あの世で、押しかけ女房になる女か」

問うた錬蔵に、

「そうだよ。押しかけ女房になる、と決めてるんだ」

「場所だけ教えてやる。洲崎弁天近くの洲崎の浜。それ以上は自分で探れ」

「洲崎の浜、だね」

「返答が後先になったが戸田殿に、承知した、と伝えてくれ」

「わかったよ。洲崎の浜だね」

念を押したお里を見つめた錬蔵が踵を返した。式台から奥へと姿を消したのを見届けて、お里は向き直った。門番所へ小走りに向かっていく。

その背を柱の蔭から錬蔵が見つめていた。錬蔵の脳裏に、政吉から聞いたお紋のことばが甦っていた。

「お紋姐さんが、有り金全部はたいても押しかけ身請けをしてもらいたいお人が、あたしにはいるんだ、と啖呵をきられたそうで」

走り去るお里の後ろ姿を見やって、錬蔵はおもわず口に出していた。

「押しかけ女房、か。それもひとつの、生き様」

闇のなかに走り去るお里の残像が残っているようにおもえて、しばし、その場に立ち尽くしていた。

小名木川沿いの河岸道を行く堯之進とお里の前に、数人の男たちが立ち塞がった。高橋からつけてきていた男たちだった。

兄貴格が一歩前に出て浅く腰を屈《かが》めた。

「連れていらっしゃる女、お里は茶屋抱えの遊女、抱え主から頼まれて探しておりやした。あっしらに返していただきたいんで」

背後でお里が息を呑むのが堯之進にもわかった。

「厭だといったら」

「腕ずくでも取り返しやすぜ」

兄貴格が懐に呑んだ匕首を抜いて突きかかってきたのと、わずかに身を躱した堯之進が、抜く手も見せぬ袈裟懸けの一太刀を兄貴格に浴びせるのとほとんど同時だった。朱《あけ》に染《そ》まって兄貴格が倒れた。

「野郎」

「やりやがったな」

と男たちが匕首を抜き連れた。

「わざと急所をはずした。早めに手当をすると助かる。いっておくが、お里はおれの持ち物だ。いや、本日只今より持ち物にする、身請けするのだ。身請け代だ。受けとれ」

懐から袱紗包みをとりだした堯之進が、激痛に呻く兄貴格の傍に置いた。袱紗を開く。なかに封印した二十五両の山が二つ入っていた。

男たちを見据えて尭之進が告げた。

「身請け代を支払った以上、お里は誰にも渡さぬ。抱え主に伝えろ。今後、お里に手を出したら命はない、とな。おまえたちもそうだ。次は容赦はせぬ」

大上段に刀を振りかぶった。

「引き上げろ」

気圧《けお》された男たちが兄貴格を抱え上げ、身請け代五十両を袱紗ごと手にして逃げ去っていった。

大刀を鞘に納めながらいった。

「これで、あ奴らは、おまえに近寄るまい。おれが居なくても、おもうがままに外歩きが出来るぞ」

「おまえさん、おまえさんて人は」

両手で顔を覆ったお里が、指の隙間から涙を溢《あふ》れさせて喘《あえ》いだ。

「おまえさん、死なないでおくれ。いつまでも、あたしのそばにいておくれ。後生《ごしょう》だ。頼むよ、おまえさん」

肩を震わすお里を、尭之進が凝然と見つめている。

翌朝、戸田家の別邸は大騒ぎになっていた。出かけたきり帰らない無頼どもが十数人にも達していた。

慌てふためいた館野と西尾が離れに駆け込んできた。廊下で花々を見つめている堯之進のそばに、べったりと坐り込んだ。

「怖《お》じ気《け》づいて逃げ出したのだ。おぬしが一戦交えるなどと言い出すからこうなるのだ。明日の戦、取りやめに出来ぬか」

わめく館野に西尾が合した。

「これから鞘番所に出向こう。あれは戯《ざ》れ事《ごと》だ。戦など端《はな》からやる気はない。ただの遊びだと、謝りにいこう」

鋭い眼を向けて堯之進が告げた。

「おぬしら、それでも直参旗本か。武士がいったん果たし状を突きつけたのだ。命がかかっていることだぞ。それを今更、戯れ事、遊びと言い抜けられるとおもっているのか。恥を知れ」

「それでは、おぬしは」

愕然として館野がいった。

「本気だ。皆、負ければ命が果てる。そのつもりで、かかるのだ。館野、西尾、目障りだ。失《う》せろ」

睨み据えた堯之進のあまりの気迫に、返すことばもなくふたりは、すごすごと引き上げていった。

庭に出て花の手入れをしながらお里は、堯之進と館野たちのやりとりに耳を傾けていた。

ふたりの姿が見えなくなるなりお里は堯之進に駆け寄り、咳込むようにいった。

「館野さんも西尾さんも、ここにいる皆《みんな》も、きっと逃げ出す。あの人たちは根性なし、意気地なしだ。たくさんの客を見てきたわたしには、よくわかる」

「わかっている」

微笑んだ堯之進の眼差しに穏やかな光が宿っている。

雲間から顔を出した月が煌々《こうこう》と輝いている。

夜空に広がる黒雲が流れては隙間をつくり、瞬《また》く間に塞いでいく。そのわずかの間をとらえて、月がおのれの存在を誇示しているかのようにみえた。

洲崎の浜に押し寄せる波は穏やかだった。

錬蔵は着流し巻羽織という見廻るときの姿で岸辺に立っている。

一艘の小舟が打ち捨てられたように浜に乗り上げてある。手を抜いた船頭が、波の静かな今宵は舟が流されることはあるまい、と高《たか》をくって置いていったのかもしれない。

人の気配に錬蔵は舟から目線を流した。洲崎弁天の外柵沿いにひとりの武士が歩いてくる。小袖に袴といった出で立ちであった。現れた月明かりが武士の顔を照らし出した。

戸田堯之進であった。

「早いな。少し遅れたか」

声をかけた堯之進に錬蔵が、

「性分だ。気にするな。時の鐘は、ついさっき鳴り終わったばかりだ」

対峙《たいじ》した錬蔵に堯之進が問うた。

「おぬしに聞きたいことがある。なぜ、それほど生真面目《きまじめ》に生きられる」

「それも性分としか応えられぬ。強《し》いていえば、おれは何のために生きているか。つまずき、迷ったときは、つねに、そう、おのれに問いかけることにしている」

しばしの間があった。

呻くように堯之進がいった。

「おれは、何のために生きているのか、つねに問いかける、とな」

ごくり、と堯之進が唾を呑み込んだ。ことばを重ねた。

「おれは、いままで戯れ事が過ぎたようだ。このままでは引っ込みがつかぬ」

つぶやいた。そばにいる者にも聞こえるか聞こえぬか、わからぬほどの小声だった。

大刀を引き抜いて堯之進が告げた。

「柳生新陰流、戸田堯之進」

「鉄心夢想流《てっしんむそう》、大滝錬蔵。戸田殿には鉄心夢想流口伝《くでん》の秘剣〈霞十文字《かすみじゆうもんじ》〉にてお相手いたす」

大刀を抜いて下段に構えた。

じりっじりっと間合いを詰め合ったふたりは、踏み込めば相手を一刀両断できるところで止まった。

睨み合う。

下段に構えた錬蔵と、八双に構えた堯之進は、金縛《かなしば》りにあったかのように身動きひとつしなかった。

雲間に隠れた月が再び姿を現したとき、堯之進が動いた。袈裟懸けに斬りかかる。一太刀交えて、体《たい》を入れ替えてふたりは再び睨み合った。

下段に構えた錬蔵、八双に構えた堯之進。はじめから勝負をみている者がいたら、一枚の絵を裏返しにしたかのような錯覚を覚えたに違いない。

なぜか、ちらり、と錬蔵がすぐ近くの、わずかに小高く盛り上がった、砂浜からつづく草むらに視線を走らせた。

その虚をついて裂帛《れっぱく》の気合いとともに堯之進が斬りかかった。わずかに体を躱した錬蔵が下段から刀を逆袈裟に振り上げる。大刀は見事に堯之進の脇腹を切り裂いていた。よろけた堯之進めがけて、振り上げた刀を霞十文字の口伝どおり袈裟懸けに振り下ろそうとしたとき、

「やめて。止めておくれ」

叫びながら草むらの蔭から飛び出した黒い影が、よろめく堯之進の胸元に体当たりするかのように飛び込み、支えた。ぶつかってきた衝撃にたまりかね、堯之進は不覚にも大刀を取り落とした。黒い影はお里だった。

刀の柄を握る手に渾身の力を籠《こ》めたのは、逆に錬蔵だった。奥歯を嚙みしめて、袈裟懸けに振るった大刀を懸命に止めた。が、返す刀の勢いのまま振り下ろした大刀

は、おもうように止められなかった。

　大刀は、堯之進に縋《すが》りつき抱きかかえたお里の背中すれすれ、紙一重のところで止まった。

　刀を八双の位置に引き上げ、錬蔵は、大きく息を吐いた。無理矢理、大刀の動きを抑え込んだ腕に痺《しび》れるような感覚が生じていた。

　振り向いたお里が叫んだ。

「堪忍しておくれ。この人を許しておくれ。どうしても許せないなら、あたしを先に斬っておくれ」

「あの世で、押しかけ女房になろう、というのか」

　問うた錬蔵に、

「そうだよ。生きてても死んでも、あたしはこの人から離れないと決めているんだ。あたしは、この人の、あの世での、押しかけ女房なんだ。斬っておくれ」

「止《とど》めはさしておらぬ。手当をすれば、助かるかもしれぬ」

「何だって」

　堯之進を見返ってお里がいった。

「この世で女房にしてくれ、とはいわない。世話を、生涯、おまえさんの世話をさせておくれ」

　堯之進が苦しげに喘いでいった。

「あの世までもの、押しかけ女房か」

「おまえさん。それじゃ、おまえさんは」

　よろけた堯之進をお里が再び懸命に支えた。

　顔をお里の肩にうずめて堯之進が告げた。

「いったはずだ。お里が、厭だといっても、おれはおまえを離さぬ、と」

「おまえさん」

　顔を錬蔵に向けてお里がいった。

「行って、いいんだね。勝手にしていいんだね」

　無言で錬蔵がうなずいた。

「おまえさん、行こう。あたしは舟できたんだ。大番屋の御支配さまがここでおまえさんと会う、と教えてくれたんだ。だから、おまえさんが出ていったのを見て舟で先回りして、洲崎の浜にいたんだ」

「お里、おれは、おれは、何も出来ぬ甲斐性なしだ」

「生きるんだよ、ふたりで。おまえさんのひとりくらい、あたしが働いて食わせてみせる」

よろける堯之進を支えながら、お里が浜に乗りあげてあった舟に向かって歩いていく。支え合い、縺れ合い、乱れながらも舟へ向かって、筋につづく足跡が砂浜に延びていく。

凝然と錬蔵は、遠ざかるふたりの姿を見つめていた。

やがて堯之進を舟に乗せたお里は、裾をめくりあげ帯に挟んで、舟を海へ押し出した。飛び込むように乗り込んだお里は、棹を使って舟を波にのせた。

櫓《ろ》を操れるほどの深さに達したのを見極めたか、棹を櫓に持ち替えたお里が、沖へ向かって漕ぎ出していく。

遠ざかり、次第に小さくなっていくお里の漕ぐ舟を、錬蔵は身じろぎひとつせずじっと見つめて、立ち尽くしていた。

数日後、安次郎とお俊は、富岡《とみおか》八幡宮の境内にある茶店の緋毛氈《ひもうせん》をかけた縁台に腰をかけていた。

「前原さんから聞いたんだけど、戦を交えるなんて威勢のいいことといって喧嘩状つきつけたくせに、深川水軍の奴ら、洲崎の浜にはひとりも来なかったんだって」

問いかけたお俊に安次郎が応えた。

「誰も来ないんで根城の戸田家の別邸に乗り込んだら、蛻《もぬけ》の殻《から》で誰ひとりいやしねえ。深川水軍なんて名前だけ大袈裟な、とんだお騒がせの代物《しろもの》だったぜ」

茶店の婆さんが串団子を持った皿を運んできた。

串団子を手にとり頰張りながら、お俊がいった。

「それにしても旦那、遅いねえ。お紋さんもお紋さんだよ。いくら快癒《かいゆ》祈願のお参りだって、旦那に甘え過ぎだとおもわないかい」

「嫉《や》妬いているのかい」

からかうように安次郎がお俊の顔をのぞき込んだ。

「嫉《や》妬いて悪いかい」

そっぽを向いてお俊が、さらに頰張った。

安次郎も食べながら、

「あきらめな。とっくに勝負はついてるぜ、お俊」

新しい串団子を手にとった安次郎から、ひったくるようにして奪い取ったお俊が、

「まだまだ、これからだよ」

いうなり口いっぱいに押し込んだ。

「これだ。深川の女は負けん気が強すぎらあ。まいっちまう」

串団子をもう一本、安次郎が口に運んだ。

「うめえ。深川の味は、これでなきゃいけねえ」

食べながら安次郎が目を細めた。


鳩が足下から飛び立っていく。

拝殿の前で、お紋と錬蔵はふたりならんで、お紋の快癒を祈願していた。今日のお紋は地味なつくりの、どこぞの御店《おたな》の新妻のような装いをしている。

祈り終えたのか錬蔵が踵を返した。

「待ってくださいよ、旦那。あたしがまだ拝んでるのに、さっさと背中向けるなんて、ひどいじゃないか」

慌てて追ったお紋が小石にでもつまずいたかよろけて、足を止めた錬蔵の胸に縋りついた。

そのままお紋は動かない。

「どうした、お紋」

心配げにのぞき込んだ錬蔵を見上げて、お紋が、にこり、と微笑んだ。これ以上ないくらいの艶《あだ》っぽい笑い顔だった。

甘えるように、

「八幡様のご加護があったんだ。小石につまずくのも悪くないね、大っぴらに旦那の胸に顔を埋められる」

さらにお紋が錬蔵にしなだれかかった。

「よせ。人が見ている」

あわてて離れた錬蔵が照れ隠しか、さっさと歩きだした。

「旦那。もう、ほんとに、どうしようもない野暮天なんだから。そんな野暮天に惚れたあたしは……悔しいねえ」

ふん、と口を尖らせたお紋が歩き去る錬蔵に、

「旦那ったら、待っておくんなさいよう」

と声をかけて走っていく。

立ち止まった錬蔵は、お紋が近づくと、また、さっさと歩きだした。そんな錬蔵をお紋が小走りに追いかけていく。

富岡八幡宮の境内の木々の青々としげった葉が風に揺れている。鳩の群れが本殿の上空を舞っていた。

空梅雨を忘れさせるような爽《さわ》やかな風が境内を吹き流れていく。
深川は、いま、安穏のなかにあった。

【参考文献】

『江戸生活事典』三田村鳶魚著　稲垣史生編　青蛙房
『時代風俗考証事典』林美一著　河出書房新社
『江戸町方の制度』石井良助編集　人物往来社
『図録　近世武士生活史入門事典』武士生活研究会編　柏書房
『図録　都市生活史事典』原田伴彦・芳賀登・森谷尅久・熊倉功夫編　柏書房
『復元　江戸生活図鑑』笹間良彦著　柏書房
『絵で見る時代考証百科』名和弓雄著　新人物往来社
『時代考証事典』稲垣史生著　新人物往来社
『考証　江戸事典』南条範夫・村雨退二郎編　新人物往来社
『新編　江戸名所図会　～上・中・下～』鈴木棠三・朝倉治彦校註　角川書店
『武芸流派大事典』綿谷雪・山田忠史編　東京コピイ出版部
『図説　江戸町奉行所事典』笹間良彦著　柏書房
『江戸町づくし稿－上・中・下・別巻－』岸井良衛　青蛙房
『江戸岡場所遊女百姿』花咲一男著　三樹書房

『江戸の盛り場』海野弘著　青土社
『天明五年　天明江戸図』人文社

吉田雄亮著作リスト

修羅裁き	裏火盗罪科帖	光文社文庫	平14・10
夜叉裁き	裏火盗罪科帖㈡	光文社文庫	平15・5
繚乱《りょうらん》断《だ》ち	仙石隼人探察行	双葉文庫	平15・9
龍神裁き	裏火盗罪科帖㈢	光文社文庫	平16・1
鬼道裁き	裏火盗罪科帖㈣	光文社文庫	平16・9
花魁殺《おいらんさつ》	投込寺闇供養	祥伝社文庫	平17・2
閻魔《えんま》裁き	裏火盗罪科帖㈤	光文社文庫	平17・6
弁天殺《べんてんさつ》	投込寺闇供養㈡	祥伝社文庫	平17・9
観音裁き	裏火盗罪科帖㈥	光文社文庫	平18・6
黄金小町	聞き耳幻八浮世鏡	双葉文庫	平18・11
火怨裁き	裏火盗罪科帖㈦	光文社文庫	平19・4
傾城番附《けいせいばんづけ》	聞き耳幻八浮世鏡	双葉文庫	平19・11
深川鞘《さや》番所		祥伝社文庫	平20・3

転生《てんしょう》裁き　裏火盗罪科帖(八)　光文社文庫　平20・6
放浪悲剣　聞き耳幻八浮世鏡　双葉文庫　平20・8
恋慕舟　深川鞘番所　祥伝社文庫　平20・9
陽炎《かげろう》裁き　裏火盗罪科帖(九)　光文社文庫　平20・11
紅燈川　深川鞘番所　祥伝社文庫　平20・12
遊里ノ戦　新宿武士道(1)　二見時代小説文庫　平21・5
化粧堀　深川鞘番所　祥伝社文庫　平21・6

化粧堀

一〇〇字書評

切り取り線

購買動機（新聞、雑誌名を記入するか、あるいは○をつけてください）

- □（　　　　　　　　　　　　）の広告を見て
- □（　　　　　　　　　　　　）の書評を見て
- □ 知人のすすめで
- □ タイトルに惹かれて
- □ カバーがよかったから
- □ 内容が面白そうだから
- □ 好きな作家だから
- □ 好きな分野の本だから

●最近、最も感銘を受けた作品名をお書きください

●あなたのお好きな作家名をお書きください

●その他、ご要望がありましたらお書きください

住所	〒				
氏名		職業		年齢	
Eメール	※携帯には配信できません		新刊情報等のメール配信を希望する・しない		

あなたにお願い

この本の感想を、編集部までお寄せいただけたらありがたく存じます。今後の企画の参考にさせていただきます。Eメールでも結構です。

いただいた「一〇〇字書評」は、新聞・雑誌等に紹介させていただくことがあります。その場合はお礼として特製図書カードを差し上げます。

前ページの原稿用紙に書評をお書きの上、切り取り、左記までお送り下さい。宛先の住所は不要です。

なお、ご記入いただいたお名前、ご住所等は、書評紹介の事前了解、謝礼のお届けのためだけに利用し、そのほかの目的のために利用することはありません。またそのデータを六カ月を超えて保管することもありませんので、ご安心ください。

〒一〇一-八七〇一
祥伝社文庫編集長　加藤　淳
☎〇三（三二六五）二〇八〇
bunko@shodensha.co.jp

祥伝社文庫

上質のエンターテインメントを！　珠玉のエスプリを！

祥伝社文庫は創刊15周年を迎える2000年を機に、ここに新たな宣言をいたします。いつの世にも変わらない価値観、つまり「豊かな心」「深い知恵」「大きな楽しみ」に満ちた作品を厳選し、次代を拓く書下ろし作品を大胆に起用し、読者の皆様の心に響く文庫を目指します。どうぞご意見、ご希望を編集部までお寄せくださるよう、お願いいたします。

2000年1月1日　　祥伝社文庫編集部

化粧堀《けわいぼり》　深川鞘番所《ふかがわさやばんしょ》　長編時代小説

平成21年6月20日　初版第1刷発行

著者　吉《よし》田《だ》雄《ゆう》亮《すけ》

発行者　竹内和芳

発行所　祥《しょう》伝《でん》社《しゃ》

東京都千代田区神田神保町3-6-5
九段尚学ビル　〒101-8701
☎03(3265)2081(販売部)
☎03(3265)2080(編集部)
☎03(3265)3622(業務部)

印刷所　堀内印刷

製本所　ナショナル製本

ISBN978-4-396-33508-3 C0193

祥伝社のホームページ・http://www.shodensha.co.jp/

祥伝社文庫

藤井邦夫　にせ契《ちぎ》り　素浪人稼業

素浪人矢吹平八郎は恋仲の男のふりをする仕事を、大店の娘から受けた。が娘の父親に殺しの疑いをかけられて…

藤井邦夫　逃れ者　素浪人稼業

長屋に暮らし、日雇い仕事で食いつなぐ、萬稼業の素浪人・矢吹平八郎。貧しさに負けず義を貫く！

藤井邦夫　蔵法師　素浪人稼業

蔵番の用心棒になった矢吹平八郎。雇い主は十歳の娘。だが、父娘が無残にも殺され、平八郎が立つ！

藤原緋沙子　恋椿　橋廻り同心・平七郎控

橋上に芽生える愛、終わる命…橋廻り同心平七郎と瓦版屋女主人おこうの人情味溢れる江戸橋づくし物語。

藤原緋沙子　火の華《はな》　橋廻り同心・平七郎控

橋上に情けあり。生き別れ、死に別れ、そして出会い。情をもって剣をふるう、橋づくし物語第二弾。

藤原緋沙子　雪舞い　橋廻り同心・平七郎控

一度はあきらめた恋の再燃。逢えぬ娘を近くで見守る父。――橋上に交差する人生模様。橋づくし物語第三弾。